Dorothea Kleine

Im Namen der Unschuld

DELIKTE
INDIZIEN
ERMITTLUNGEN
DIE KRIMIS

DOROTHEA KLEINE

IM NAMEN DER UNSCHULD

DELIKTE
INDIZIEN
ERMITTLUNGEN
DIE
KRIMIS

KOMET

Genehmigte Lizenzausgabe für KOMET Verlag GmbH, Köln

Satz: Bild1Druck GmbH, Berlin
Gesamtherstellung: KOMET Verlag GmbH, Köln
www.komet-verlag.de

1

An einem Mittwoch im November bekam Ulla Binder sonderbar ziehende, genauer gesagt pochende Schmerzen im Unterbauch. Blinddarmentzündung, dachte sie, so ähnlich muss es wohl sein. Harmlos also, nur wenn das Ding platzt, sind die Konsequenzen höchst bedenklich. Sie beschränkte sich darauf, kalte Kompressen zu machen, sich ergeben ins Bett zu legen und still darin liegen zu bleiben.

Seit der Wende vor vier Jahren hatte sie es vermieden, krank zu werden. Ihr war zu Ohren gekommen, dass der Gesundheitsminister, ein pausbäckiger Naturbursche, es nicht mochte, wenn Leute zum Arzt gingen und die Kosten in die Höhe trieben. Das war natürlich nur eine Ausrede, in Wirklichkeit kam sie mit dem bürokratischen Gehabe der AOK nicht zurecht. Kannte die Spielregeln nicht, wusste nicht, wie das Räderwerk des Sozialversicherungsgiganten in Gang zu setzen war.

Die kalten Kompressen taten ihr gut, die Schmerzen ließen nach. Am nächsten Morgen waren sie verschwunden. Sie frohlockte. Doch am Abend setzten die Schmerzen wieder ein. Mit Verwunderung stellte sie fest, dass sie Angst hatte. Sie überlegte, was sie machen sollte. Horst Windeck fiel ihr ein. Sie waren gemeinsam zur Schule gegangen, hatten beide das Abitur mit guten Noten gemacht.

Er hatte sie zu überreden versucht, gleich ihm Medizin

zu studieren. Eigensinnig war sie bei ihrer Germanistik geblieben.

Er war Arzt geworden, Krankenhausarzt. Seit der Wende betrieb er eine eigene Praxis. Ob er das als Aufstieg ansah? Wäre doch wohl vernünftig, ihn anzurufen. Natürlich nur, wenn sie noch die Kraft aufbrachte, das zentnerschwere Telefonbuch von der Diele ins Wohnzimmer zu tragen.

Als sie am Nachmittag seinem Haus zustrebte, fiel ihr ein, dass es damals zwischen ihnen eine Art Beziehung gegeben hatte, die allerdings nur bis zu kindischen Küssen im Park gediehen war. Er war feige damals, dachte sie. Wer weiß, wozu es gut gewesen war. Sie erinnerte sich an etwa ein Dutzend verunglückter Rendezvous, hoffte, dass sein Erinnerungsvermögen nicht ganz so gut funktionierte.

»Wie geht es dir«, fragte er lächelnd, als hätte er diese Art Feigheit längst überwunden, »du hast dich gar nicht verändert.«

Ulla lächelte matt zurück. »Außer, dass ich Großmutter sein könnte.«

»Wie lange haben wir uns nicht gesehen?«, fragte er. »Fünf, sechs Jahre?«

»Es werden zirka hundert sein«, antwortete sie, machte ihm damit klar, wie oberflächlich sein Kompliment war. »Mir tut der Bauch weh«, sagte sie, »hier, in der Blinddarmgegend. Hast du eine Ahnung, ob ich daran sterben werde?«

Dr. Horst Windeck drückte auf dem Bauch herum,

suchte jene harte Stelle, die mit einer gewissen Sicherheit eine Diagnose ergeben hätte. Aber er fand nichts. Der Leib war weich und geschmeidig und ohne einen Anhaltspunkt. Trotzdem veranlasste er Laboruntersuchungen und all das, was Ärzten so einfällt, um rätselhafte Beschwerden erklärbar zu machen. »Was treibst du so?«, fragte er. »Bist du noch mit Manfred zusammen? Wo arbeitest du?«

Ein bisschen freute sie sich, dass er noch immer Interesse an ihr zeigte, aber eigentlich war sie müde geworden, über ihr Leben zu reden.

»Die Aufzählung von Negativbilanzen ermüdet und ist langweilig.«

»Na komm, Ulla, wir haben uns eine Ewigkeit nicht gesehen. Was ist los mit dir, erzähl, sonst schneide ich dir den Bauch auf.«

Sie seufzte, aber nicht ernsthaft. »Von Manfred habe ich mich getrennt, auf die moderne Art, wie das so üblich ist in einer Zeit, in der man keine Kraft mehr für Emotionen hat. Wir sind gute Freunde. Beinahe gute Freunde«, verbesserte sie sich. »Bis zu unserer Befreiung habe ich im Schulbuchverlag gearbeitet, war Lektoratsleiter im Fach Literatur für die Abiturklassen.«

»Und, was machst du jetzt?«

»Ich geh stempeln. Auch eine Karriere, was?«

»Arbeitslos?«, fragte er ungläubig.

»Arbeitslos«, sagte sie leidenschaftslos, als hätte es nichts zu bedeuten, »und außerdem wurde mir das Stigma der Staatsnähe verpasst. Ich habe den Kindern in der Erweiterten Oberschule die DDR-Literatur nahegebracht. Das reicht, um ausgegrenzt zu werden.«

»Hast du Kinder?«

»Eine Tochter.«

»Wie alt?«

»Dreiundzwanzig. Meine kleine Marie ist so ziemlich das Einzige, was mir geblieben ist.«

»Geht sie gelegentlich ins Sport-Center, zum Tennis?«, fragte Windeck.

»Wieso fragst du«, sagte Ulla misstrauisch.

»Da war eine, die sah aus, wie du früher ausgesehen hast. Ich dachte, wenn Ulla eine Tochter hat, könnte sie es sein.«

»Und wie sah sie aus?«

Windeck seufzte. »Ach Gott, wie sie alle aussehen, diese jungen Dinger. Nickelbrille, Jeans, langer Pullover, langer, brauner Zopf, wie du ihn damals hattest. Deshalb wurde ich überhaupt an dich erinnert.«

»Du bist charmant wie eh und je, und Komplimente kannst du machen, Donnerwetter.« Ulla passte das Gespräch nicht, sie hätte es gern beendet.

»Für einen Moment dachte ich«, sagte er leise, »sie könnte ja auch meine Tochter sein.«

»Dazu hättest du damals in einer ganz bestimmten Richtung aktiv werden müssen. Die Machart war allgemein bekannt.« Sie lächelte, es war eine Mischung von Stolz, Schadenfreude und Überheblichkeit.

Sie erhob sich. »Ich habe dich lange genug aufgehalten. Wer weiß, ob die Kasse dir so eine Konsultation überhaupt bezahlt.«

Es war Hohn, das Wartezimmer war leer. Sie dachte, dass er vielleicht ein guter Arzt, sicher kein guter Manager war. Er schrieb ihr ein Rezept, gebot ihr allergrößte Vorsicht und ließ sie mit deutlich spürbarem Bedauern ziehen.

Als Ulla Binder das Arztzimmer verließ, hatte sie sich wieder in der Gewalt. Sie lächelte sogar, als sie auf die Straße trat. Trotzdem spürte sie ein sonderbares Gefühl im Magen. Waren es die verlorenen Jahre? Horst war ihre Jugendliebe. War er es wirklich? Wahrscheinlich hätte sie sich mit jedem Jungen aus der Klasse im Park geknutscht, wenn einer den Mut dazu gehabt hätte. Sie war viel zu neugierig auf dieses Spiel. An irgendein tieferes Gefühl konnte sie sich nicht erinnern. Nichts von alldem, was in den Büchern stand, war wirklich passiert. Sie hatte keine schlaflosen Nächte, kein Himmel-hoch-Jauchzen, kein Zu-Tode-Betrübt. Nur Angst hatte sie gehabt, es könnte sie jemand mit ihm sehen. Dieser Junge, den sie längst vergessen, der in ihrem Leben keine Rolle gespielt hatte, dem inzwischen die Attribute eines reifen Mannes anhafteten, sollte der sich in ein junges Mädchen verliebt haben?

Er war doch wohl verheiratet. Sie hatten nicht darüber gesprochen. Es hatte sie, das musste sie zugeben, auch nicht interessiert. Sie hielt inne. Irgendwann würde einer kommen und ihr Marie wegnehmen. Ob es einer wie Windeck war oder irgendein junger Spund, sie würde Marie verlieren. Mein Gott, dachte sie, übertreib ich da nicht, fang ich vielleicht an, hysterisch zu werden. Dann beschloss sie, sich auf das Naturgesetz einer Mutter zu berufen, die einen sechsten Sinn haben darf. Vielleicht war auch alles Quatsch, und Windeck hatte sich nur in seine Jugendzeit versetzt gefühlt, als er die Ähnlichkeit entdeckte. Die Erinnerung ist ein schleichendes Gift, eine Art lebensgefährliche Epidemie, die man auch noch zu kultivieren versucht. Was ist verheerender als das Gefühl, etwas Wesentliches verpasst zu haben? Und Marie, wie würde sie auf einen Mann wie Windeck reagieren? Ulla wusste es nicht. Was wusste sie überhaupt von ihrer Tochter? Die Woche über war sie in Berlin, in ihrer Uni. Wenn sie am Wochenende kam, redeten sie wie Freundinnen. Ulla gefiel es, mütterliche Autorität vorzuführen. Hörte Marie überhaupt noch auf sie? Was sonst bedeutete dieses kleine mokante Lächeln in den Mundwinkeln, wenn sie sie zur Vorsicht vor verdorbenem Fisch und fremden Männern mahnte. Ihr befahl, sich warm anzuziehen, damit sie sich nicht die Blase erkältete. Genau genommen machte sie sich keine Illusionen über die Wirksamkeit ihrer pädagogischen Maßnahmen.

Ihre eigene Mutter hatte sie schon mit diesen Sachen gepiesackt. Warum sollte es ihrer Tochter erspart bleiben? Es war jenes Rollenspiel, das von Generation zu Generation weitergegeben wurde. Das im Ganzen gesehen ein Kontinuum von Liebe, Fürsorge und Besitzanzeige war.

Sollte sie Marie nach Windeck fragen, vielleicht im Ton von Gekränktheit und Vorwurf? Aber woher sollte Marie eigentlich wissen, dass Windeck und sie einst ein bisschen verliebt ineinander waren?

2

Marie kam am Freitag. Das war ungewöhnlich. Eine Vorlesung sei ausgefallen, sagte sie. Ulla glaubte ihr nicht, aber sie schwieg. Marie warf sich der Mutter an den Hals, Rucksack, Jacke auf die Couch. Die Schuhe flogen im Bogen durchs Zimmer. Es war ihre unbekümmerte Art, Zufriedenheit auszudrücken. Vorsichtig fragte Ulla, ob sie vorhabe, die Wohnung zu demolieren. Marie lachte. »Was ist los mit dir, du siehst so zerknittert aus.«

»Mit welchem Zug bist du gekommen?«, fragte Ulla.

»Was soll der inquisitorische Ton? Ich bin mit Inas Freund gekommen, er fährt einen Audi 80. Bist du schon mal mit einem Audi gefahren?«

»Die Eisenbahn ist noch immer das zuverlässigste Transportmittel.«

»Geliebte altmodische Mutter.«

Es passte Ulla nicht, dass die Tochter zu einem fremden Mann ins Auto gestiegen war. Sie sah in das enttäuschte Gesicht der Tochter. »Ich geh dir auf die Nerven, was?«, fragte sie, hoffte, die Tochter würde, wenn schon nicht entrüstet, so doch wenigstens andeutungsweise widersprechen. Doch das Mädchen sagte nur: »Ja, ein bisschen.«

»Du weißt, warum ich mich um dich sorge.«

»Weil du sonst nichts zu tun hast. Du stehst hinter der Gardine und siehst zu, wie das Leben an dir vorüberzieht. Wenn du arbeiten würdest, ließe sich alles relativieren, auch die Sorge um mich.«

Die Tochter hatte einen wunden Punkt berührt. Ulla wusste nicht, sollte sie beleidigt sein oder froh, dass dieses Kind so unverschämt offen mit ihr sprach. Sie litt unter ihrer Untätigkeit und konnte doch nichts dagegen tun. Aus dem Zwiespalt ihrer Gefühle heraus sagte sie barsch: »Und was bitte sollte ich deiner Meinung nach tun?«

»Arbeiten.«

»Ach, was denn?«

»Egal, Büros wischen, Würstchen verkaufen, Parksünder aufschreiben, Reagenzgläser spülen, Zeitungen austragen, Grabreden halten, nur tun musst du etwas.«

»Marie!« Ulla war entrüstet.

»Tut mir leid, Mutter, aber du verkommst. Ich meine seelisch. Ja, es ist eine Schande, dass man den Verlag abgewickelt hat. Dass man nicht begreift, was für eine große Literaturwissenschaftlerin du bist. Trotzdem, das Leben geht weiter. Ich weiß, man möchte die DDR-Intelligenz ausschalten, sie aus dem Verkehr ziehen.«

Ulla unterbrach sie. »Jetzt übertreibst du aber.«

»Kann sein«, sagte die Tochter, »die Intelligenz ist nun mal die selektive Kraft eines Volkes. Sie durchschaut die Politik schärfer, schneller, reagiert heftiger auf die Ausrottung geistiger Potenzen. Ich weiß es von der Uni, unseren ehemaligen Professoren. Man rechnet mit solchen Typen wie dir, die sich scheintot stellen und den Mund halten. Das darf nicht sein, verstehst du?«

»Zeitungen austragen«, Ulla schwankte zwischen Entsetzen und Wut, »ich habe meinen Doktor mit Summa cum laude gemacht. Meine Promotion über Walther von der Vogelweide wurde in zwei Sprachen übersetzt.«

»Na und, wen interessiert das?«

Ulla wollte die vorbildlichste Mutter der Welt sein. Was macht eine vorbildliche Mutter in so einer Situation? Sie vermeidet es, hysterisch zu werden, obwohl ihr sehr danach war. Sie kam nicht umhin, zu erkennen, dass das Mädel recht hatte. Ja, verdammt noch mal, es musste etwas geschehen. Irgendwann würde sie sich selbst nicht mehr leiden können. Mit dem feinen Instinkt eines sensiblen Menschen hatte Marie gespürt, dass sich die Aufmerksamkeit der Mutter immer mehr auf sie, die Tochter konzentrierte, weil ihr eigenes Leben in die Brüche zu gehen drohte. Und Ulla spürte die Gefahr, das Mädchen mit ihrer Liebe zu erdrücken. Es ist schon absurd, dachte sie, dass man Gefühle rationieren, Liebe unter Kontrolle halten muss, nicht zeigen darf, wie sehr man sein Kind liebt. Liebe, das wusste sie jetzt, kann auch zerstören.

Marie dachte, dass sie vielleicht zu weit gegangen sei. Doch sie konnte es der Mutter nicht ersparen. Sie war die Einzige, die ihr das sagen konnte.

»Zeitungen austragen oder Zeitung machen«, sagte sie, »der Unterschied ist gering, liegt allenfalls in der Höhe der Bezahlung. Übrigens, Dr. Löffler, bei dem wir mal Althochdeutsch hatten, hilft seinem Sohn am Alex Rollmöpse zu verkaufen. Stellt sich gar nicht mal so dumm an.«

»Weißt du, wie viel arbeitslose Journalisten es gibt?«, fragte Ulla.

Marie legte die Arme um die Mutter. »He, was ist aus dir geworden?«

Ulla wollte ein überlegenes Lächeln aufsetzen. Es gelang ihr nicht, sie tat, als stünde sie über dem missglückten Lebensentwurf.

»Ich wusste nicht, was ich für eine Natter an meinem Busen genährt habe. Jetzt ist Schluss.« Mein Gott, dachte sie, wie schwer ist es, auf die Knie zu gehen.

Das Wochenende verstrich, ohne dass Ulla der Tochter von ihrem Besuch bei Windeck erzählte. Eine sonderbare Scheu hatte sie zurückgehalten, ihr von den Schmerzen zu berichten. Marie hätte in ihrer liebenswürdigen Rigorosität gesagt, mach dir nichts vor, die Beschwerden sind Ausdruck deiner beschissenen Situation. Arbeit ist die beste Therapie. Damit wären sie wieder beim Thema gewesen. Also schwieg sie.

Die Vorlesungen am Germanistischen Institut begannen am Montag nicht vor 10 Uhr. Also fuhr Marie, wenn sich keine andere Gelegenheit bot, Sonntagabend mit der Bahn zurück. Ulla hatte es sich angewöhnt, die Tochter zum Bahnhof zu begleiten. Sie wollte verhindern, dass Marie ihrer fatalen Neigung nachgab und per Anhalter fuhr. Der Zug stand schon da, als sie hinkamen. Noch hatten sie Zeit. Zwischen ihnen herrschte wieder jene zärtliche Unbekümmertheit, die nach Ullas Scheidung entstanden war. Marie war liebevoll, respektlos und besorgt. Sie stieg in das erste Abteil, sie stieg immer in das erste Abteil, weil sie dann in Lichtenberg schneller am Übergang zur S-Bahn war. Ihren Rucksack warf sie auf einen leeren Nebensitz, hängte die Jeansjacke an den Haken, kam zum Fenster. Ulla stand auf dem Bahnsteig, sah hinauf zu ihrem Kind, das nun wieder in eine fremde Welt zog. Sie konnten nicht miteinander reden, die Fenster der neuen blauen Wagen ließen sich nicht öffnen. Wie hilfreich von den Waggonbauern. Sie ersparten Marie jene Ermahnungen, mit denen Mütter zu allen Zeiten und in aller Welt ihren Kindern auf die Nerven gingen, aufzupassen, sich warm anzuziehen, fleißig zu sein, ordentlich zu essen, nicht zu spät schlafen zu gehen, sich nicht mit fremden Männern einzulassen. Und Ulla wurde davor bewahrt, Maries Verdrossenheit wahrzunehmen, die sich in lächelnden Abwehrbewegungen ausdrückte. Und in Worten wie: schon gut, wird gemacht, okay, Mamachen, mach dir keinen Kopp, bin ja kein Kind mehr.

Auf dem Bahnsteig zu stehen, sich anzusehen, nicht mehr miteinander reden zu können, ist eine unerträgliche Situation. Minuten dehnen sich endlos. Marie mochte ähnlich empfinden. Sie warf der Mutter ein Kusshändchen zu, machte eine Bewegung, die der Mutter bedeuten sollte, sie möge gehen. Ulla kannte das. Sie winkte der Tochter noch einmal zu, wandte sich ab. Sie konnte gerade noch das erleichterte Gesicht der Tochter wahrnehmen. Doch Ulla dachte nicht daran wegzugehen, sie lief in Richtung Ausgang, dort war eine Plakatwand, an der blieb sie stehen. Sie konnte den Zug sehen, ohne von Marie entdeckt zu werden. Sie brachte es nicht übers Herz, zu gehen, solange ihr Mädchen noch in der Nähe war.

Während sie so stand, kamen Züge auf anderen Bahnsteigen an, gingen Leute an ihr vorbei, ganz mit sich und ihrem Gepäck beschäftigt. Sie nahm die Geräusche des Bahnhofs wie Signale aus einer anderen Welt wahr. Wie lange ist es her, dachte sie, dass ich nicht mehr in einen Zug gestiegen bin. Vor der Wende, als sie noch Arbeit hatte, war sie fast alle vierzehn Tage nach Berlin zum Verlag gefahren. Das war lästig. Die Züge waren überfüllt, nie richtig geheizt, entweder zu heiß oder zu kalt. Die Waggons waren schmuddelig, die Fenster verdreckt, das Personal unfreundlich. Am schlimmsten waren die Verspätungen. Kostbare Zeit hatte sie untätig in zugigen Wartehallen, auf eisigen Bahnsteigen verbracht, wütend und hilflos, weil niemand etwas an diesem Zustand ändern konnte. Und doch erschien ihr diese Zeit jetzt als das Paradies. Es war die Zeit, in der ihre Welt noch in Ordnung war. Ich bin seit der Wende nicht mehr verreist, dachte sie.

Dann erinnerte sie sich an den Besuch bei Gerda, ihrer Schwester, die sich in Köpenick als Zahnärztin niedergelassen hatte. Sie hatte es geschafft. Und Theo, ihr Mann, auch. Mit seinem Autohandel verdiente er einen Sack voll Geld. Er war Entwicklungsingenieur im Reifenwerk gewesen, wurde entlassen, hatte sich sofort neu orientiert.

»Ulrike«, hatte er gesagt er nannte sie stets mit vollem Namen, was das einzig Bemerkenswerte an ihm war, »was wirst du jetzt tun?«

»Nichts«, hatte sie geantwortet. Damit war der wichtigste Teil ihrer Unterhaltung beendet. Sie sprachen von da an nur noch über Nebensächlichkeiten. Über was sollte sie auch mit ihm reden? Er war glücklich, endlich Bundesbürger zu sein. Die neue Zeit brachte ihm alle Freiheiten, von denen er geträumt hatte. Der Kontakt zur Schwester schlief ein. Wie konnte man erfolgreiche Menschen ertragen, wenn man selbst am Boden lag.

Der Zug fuhr ab. Ulla trat aus ihrem Versteck, sah ihm hinterher. Ich sollte vielleicht doch einmal verreisen, dachte sie. Sie ging langsam durch die Stadt zurück. Plötzlich fiel ihr in der Willy-Brandt-Straße, die früher Ernst-Thälmann-Straße hieß, ein Haus auf. Überrascht blieb sie stehen. Ein architektonisches Kleinod, dachte sie entzückt. Jugendstil, weiß mit gelben Fenstergirlanden. Sie konnte sich nicht sattsehen.

Ob sie mal durch die Stadt gehen sollte, vielleicht entdeckte sie noch andere renovierte Häuser von dieser Harmonie. Nicht auszudenken, was aus ihrer Stadt würde, könnte man alle diese Bürgerhäuser, Jugendstil oder Klassizismus, in ihrer Pracht wiederauferstehen lassen.

Vor einem Restaurant, das sich Steak-House nannte, blieb sie stehen, sah durch die Butzenscheiben. Plötzlich wurde ihr bewusst, dass sie seit der Wende auch kein Café, kein Restaurant mehr betreten hatte.

Ein Blick auf die Preisliste brachte sie auf den Boden ihrer düsteren Wirklichkeit zurück. Trotzdem, dachte sie, so kann es nicht weitergehen, ich bin doch erst dreiundvierzig.

Zu Haus angekommen, machte sie Abendbrot, setzte sich, mit einem Gefühl von Selbstmitleid und Ekel, vor den Fernseher, schaltete, als wollte sie die Sender bestrafen, von einem Programm zum anderen. Dann war der Tag zu Ende. Wenn Marie nicht gekommen wäre, hätte sie auch diesen Tag in ihrem Leben streichen können.

Vor dem Spiegel begann sie, mit sich zu reden. Das war weder besonders klug noch besonders originell. Es artete in Selbstbeschimpfung aus. Aber es waren mehr Entschuldigungen als Anklagen. Da wusste sie, dass sie gar nicht anders konnte, als die Schuld an ihrem freudlosen Leben bei anderen zu suchen. Als sie schon im Bett lag, meldeten sich, ganz plötzlich und zu ihrem Entsetzen, die ziehenden, pochenden Schmerzen im Bauch.

3

Am nächsten Morgen stand Ulla früh auf. Es war sonst völlig gleichgültig, wann sie aufstand. Sie hatte kein Ziel, verfolgte keine Absichten, niemand erwartete sie. Selbst wenn sie sich erst mittags oder gar nicht erhob, interessierte es keinen. Es war noch dunkel vor dem Fenster, als sie sich zu Dr. Windeck auf den Weg machte. Die Schmerzen hatten zwar nachgelassen, waren aber immer noch zu spüren. Sie wollte Gewissheit, und das mit militanter Entschlossenheit.

Das Wartezimmer war bis auf den letzten Platz gefüllt. »Guten Morgen, Frau Dr. Binder«, sagte die Sprechstundenhilfe, sie hatte sie wiedererkannt, was Ulla nicht nur erstaunte, sondern auch erfreute. Sie sah sich nach einem Stuhl um. »Ich sag dem Doktor Bescheid«, sagte die Schwester. Kurz darauf erschien Horst Windeck, freute sich, seine Jugendfreundin zu sehen. »Ich hab jetzt zu tun«, sagte er, »direkt über der Praxis ist meine Wohnung, Christa freut sich, dich kennen zu lernen. Ich habe ihr von dir erzählt. Geh rauf, bitte. Ich rufe an, wenn es so weit ist.«

O Gott, dachte Ulla, warum schickt er mich zu seiner Frau, was hat die Dame mit mir zu schaffen. Ich habe keine Lust, jemanden zu sehen, mit irgendjemandem zu reden. Ein Elefant ist sensibler als dieser Horst Windeck.

Als gälte es, einen Langsamkeitsrekord aufzustellen, schlich sie die Treppe hoch. Sie war sicher, diese Christa nicht ausstehen zu können. Wahrscheinlich eine hübsche Person, deren einzige Bestimmung es war, Gattin zu sein. Was zum Teufel redet man mit so einer Frau? Vielleicht häkelt sie, dachte Ulla grimmig, dann kann ich wenigstens ihre Deckchen bewundern. Bevor sie noch auf den Klingelknopf drückte, war sie mit dieser Person fertig. Plötzlich schlug ihre Stimmung um. Für einen Moment sah sie sich, wie sie wirklich war, das überraschte und beunruhigte sie. Warum bin ich, verdammt noch mal, so voreingenommen. Mutiere ich zur Provinzgans? Horst meint es gut, erspart es mir, im tristen Wartezimmer zu sitzen, in die Gesichter von Menschen zu sehen, die mir von Herzen gleichgültig sind. Stattdessen kann ich im Wohnzimmer sitzen und Kaffee trinken. An einer Tasse Kaffee kann man sich lange festhalten, schließlich beherrsche ich die Kunst, nachdrücklich über nichts zu reden.

Als sie klingelte, empfand sie satte Genugtuung darüber, dass sie sich zu einer weltoffenen Haltung durchgerungen hatte. Trotz ihres stillen Sarkasmus' überlegte sie, ob sie vielleicht menschenscheu geworden war. Früher wäre so etwas nicht passiert. Da war jeder Mensch für sie wie eine unbekannte Insel.

Eine kleine Frau öffnete, lächelte, nahm sie an beiden Händen, zog sie in die Wohnung. Sie sagte das, was alle in solchen Situationen sagen, platte Höflichkeiten. Und trotzdem hatte Ulla das sonderbare Gefühl, als beglücke sie die Frau mit ihrem Besuch. Hübsch ist sie nicht, stellte Ulla seltsam befriedigt fest, zu klein, zu rund, dünnes Haar. Und Geschmack hat sie auch nicht.

Welche Frau zieht über ihre breiten Hüften einen Trachtenrock an, dazu ein quergestreiftes Hemd aus Baumwolle. Aber sie hat Charme, intellektuellen Charme, Selbstironie eingeschlossen. Christa Windeck war nicht Gattin in der von ihr geargwöhnten Art. Sie war eine Person mit durchaus eigenem Profil. Seit der Wende kümmerte sie sich um herrenlose Katzen und Hunde, holte sie von der Straße, richtete Futterplätze ein, brachte sie, wenn sie verletzt waren, ins Tierheim. Mit martialischer Entschlossenheit rannte sie zur Stadtverwaltung, zu Mercedesvertretungen, Aldi-Kaufhäusern, Kirchenvereinen, der Grünen Partei, um Geld für die Tiere zu sammeln. Das machte sie um Gottes Lohn. Von Beruf war sie Doktor der Tierheilkunde. Einst für die LPGen in und um Lindstadt zuständig. Nach der Wende verlor sie ihre Arbeit. War jetzt für einen pharmazeutischen Betrieb unterwegs, putzte Klinken in Arztpraxen und Krankenhäusern. Sie verdiente gut, lernte endlich Auto fahren. Eine eigene Praxis konnte sie nicht aufmachen, zwei Kredite hätten sie sich nicht leisten können. Sie hätten sich bis in die dritte Generation verschuldet.

»Haben Sie Kinder?«, fragte Ulla und genierte sich, weil ihr nichts Klügeres eingefallen war.

»Wir haben zwei«, sagte Christa Windeck. »Jürgen geht noch aufs Gymnasium, Regina ist Krankenschwester, gerade fertig geworden. Für ein Jahr ist sie nach Amerika gegangen. Ich hoffe, sie bleibt dort.«

Ulla verschlug es die Sprache.

»Kann man hier, in diesem Land, noch leben?«

»Aber es ist die Tochter.« Ulla konnte sich nicht vorstellen, dass eine Mutter so über ihre Tochter reden konnte. Mein Gott, ich wäre todunglücklich, wenn Marie auf die Idee käme, wegzugehen. Um ihre Fassungslosigkeit zu unterdrücken, fing sie an, Fragen zu stellen. War diese Frau herzlos oder selbstlos? Ein Phänomen oder ein Ungeheuer?

Das Telefon klingelte, Windeck rief Ulla in die Praxis. Fast hatte sie ihre Beschwerden vergessen. Nun, da sie auf der weißbespannten Pritsche lag, der Arzt ihren Bauch abtastete, waren die Schmerzen wieder da. Sie stöhnte leise, nicht weil es wehtat, sondern weil sie seine Ratlosigkeit spürte, die Intensität, mit der er den Nachweis für ihre Beschwerden suchte.

»Da ist nichts«, sagte er schließlich, ging zum Waschbecken und wusch sich die Hände. Ulla stand auf, zog sich an. Sie schwieg. Sollte sie eigensinnig darauf bestehen, krank zu sein, obwohl kein Befund vorlag? Er hatte sich an seinen Schreibtisch gesetzt, sah sie besorgt an.

»Es scheint ein psychologisches Problem zu sein. Du wirst mit deinem Leben nicht fertig, der Körper reagiert darauf mit organischen Beschwerden.«

Sie sah ihn besserwisserisch an. »Bin ich vielleicht ein Psychopath?«

»Nun komm mal runter von deinem Pferd. Einigen wir uns darauf, dass du was von Literatur verstehst, in der Medizin bin ich der Fachmann. Sieh mal, achtzig Prozent aller Krankheiten sind nicht organischer, sondern neurotischer Natur. Obwohl sie die gleichen Beschwerden, die gleichen Symptome zeigen. Die Seele hat einen Defekt, der Körper übernimmt es, darauf aufmerksam zu machen.«

Ulla dachte nicht daran, ihre eisige Position aufzugeben. Von dieser Haltung lebte sie, das war ihre Stärke.

»Und woher soll so was kommen?«, fragte sie.

»Es hat etwas mit unserem Leben zu tun. Ich nenne es das Wende-Syndrom. Das Leben aller Menschen hat sich auf gewaltsame Weise verändert. Dieses Eindringen einer fremden Gewalt hat die Menschen ratlos gemacht. Die einen leiden an Schlaflosigkeit, den anderen fallen die Haare aus, einige greifen zur Flasche, manche zum Strick. Magenbeschwerden und depressive Stimmungen hat fast jeder.«

»Also eine Epidemie?« Sie legte allen Spott, über den sie verfügte, in ihre Stimme.

Er nickte ernsthaft. »Da hast du recht, eine Epidemie. Das Selbstbewusstsein vieler Leute ist kaputtgegangen. Was wesentlich mit der Massenarbeitslosigkeit zusammenhängt. Wenn man einer Frau mit 35 sagt, sie sei zu alt für einen Job als Friseuse, geht ihr Selbstwertgefühl zum Teufel. Es ist das schlimmste aller Gefühle, nutzlos geworden zu sein. Diese Leute haben den Boden unter des Füßen verloren, werden krank. Mit der Intelligenz ist es nicht besser, nur anders. Sie haben sich zu Nachtwächtern, Türschließern, Filmvorführern, Taxifahrern, Grabrednern qualifiziert. Eine erstklassige Strafrechtlerin sitzt im Vorzimmer eines zweitklassigen Anwalts, ein Wirtschaftswissenschaftler schreibt Strafzettel für Falschparker, ein Lyriker betreut geistig Gestörte. Philosophen tragen Zeitungen aus. Wir sind das Land der hochqualifizierten Würstchenverkäufer.«

Ulla unterbrach ihn. »Musst du nicht mal Luft holen?«

»Nein«, sagte Windeck, »du hörst mir jetzt bis zum Ende zu.«

»Gut«, erwiderte sie, »wenn es irgendwann ein Ende hat.«

»Die andere bittere Erkenntnis ist, dass das Parteibuch entscheidet, es ist wie früher. Das macht unser Leben klein und provinziell. Aber das wirst du ja selbst alles wissen.«

Ulla wusste nichts. Seit Langem las sie keine Zeitung mehr.

»Ja, ja«, sagte sie im Hausfrauenton, »wenn ich könnte, würde ich die Welt verändern.«

»Der Bruder von Christa ist Internist und Psychologe, er hat eine hübsche kleine Klinik in Thüringen, eine Stunde von Weimar entfernt. Er behandelt psychosomatische Erkrankungen, hat sich auf Wende-Krankheiten spezialisiert. Die Klinik ist zwar auf Monate belegt, aber irgendwie kriege ich es hin, dass du ein paar Tage dort sein könntest. Tapetenwechsel, verstehst du?«

»Gibt es wirklich hübsche kleine Kliniken? Das ist doch eine Klapsmühle, oder?«

»Man kann auf einen normalen Vorgang auch hysterisch reagieren.« Er sah sie verstimmt an. »Glaubst du«, sagte er dann fast liebevoll, »ich mute dir etwas zu, das dir wehtun könnte?«

Ulla spürte, wie ihr das Blut in den Kopf stieg. Sie

zuckte die Schultern, wurde aber das Gefühl nicht los, in eine Falle gegangen zu sein.

Tage später stieg sie widerwillig zu Christa Windeck ins Auto, um sich von ihr nach Bad Werda fahren zu lassen. Wäre ich nur nicht zu diesem Esel Windeck gegangen, müsste ich jetzt nicht mit einer fremden Frau in eine so windige Klinik. Auf der langen Fahrt spann sich ein dünnes Fädchen der Sympathie zwischen ihnen. Was Ulla mit ungläubigem Staunen registrierte. Es amüsierte sie, dass Christa Windeck wie ein kleiner, gereizter Teufel Auto fuhr.

In der ersten Woche in Bad Werda geschah nichts weiter, als dass sie im Kreis, auf harten Stühlen sitzend, sich Geschichten der Leute anhören musste, die sie keineswegs interessierten. Mit einer Plastetasche unterm Arm marschierte sie zu den Mahlzeiten in den Speisesaal. Sie wurde einem Tisch zugewiesen, an dem drei Frauen saßen. Die eine war Friedhofsgärtnerin gewesen, die andere Textilingenieurin, die dritte Viehzüchterin. Alle drei waren arbeitslos. Sie duzten sich, das schien zur Therapie zu gehören. Als man Ulla nahelegte, es ebenfalls zu tun, sagte sie nein. Sie konnte keine verordnete Vertraulichkeit akzeptieren. Damit schloss sie sich vorsätzlich aus der Gemeinschaft aus. Und sie verspielte die Chance, am Mitgefühl, Verständnis, Interesse zu partizipieren. Die Gespräche der drei verlorenen Frauen drehten sich um ihr Arbeitsleben, das sie, sich gegenseitig überbietend, mit Wonne glorifizierten. Ihre verlorenen

Paradiese waren die Brigadeausflüge, die Theaterbesuche, die Kurzreisen nach Prag oder zu einer Revue in den Friedrichstadt-Palast nach Berlin. Die List, die sie anwandten, ihrem BGLer Geld aus dem Kulturfonds abzuluchsen. Die Viehzüchterin, eine stramme Fünfzigerin, hatte das Brigadetagebuch gerettet, aus dem las sie vor, es waren Episteln aus einer versunkenen Welt.

Die Friedhofsgärtnerin hatte auf einer Betriebsfete ihrem betrunkenen, ungeliebten Chef Petersilie ins Haar gesteckt, ihn damit dem Spott der Kollegen ausgesetzt. Wofür sie wie ein Held gefeiert wurde.

Ihr Leben, so schien es, war Freude, Genuss. Gelobte Zeit kollektiver Empfindungen. Und keine der Frauen hatte sich von ihrem Vorgesetzen etwas bieten lassen. Sie hatten sich immer gegen Ungerechtigkeit und Bevormundung tapfer und erfolgreich zur Wehr gesetzt.

Mein Gott, dachte Ulla, das stimmt doch alles gar nicht. Wir haben nicht im Garten Eden gelebt. Wir hatten unsere Kämpfe, unsere Niederlagen, waren oft verzweifelt über die selbstherrlichen Entscheidungen, die Arroganz der Funktionäre, ihr Misstrauen. Und wir hatten einen Alltag, der ziemlich trist war.

Diese drei Frauen haben sich eine Traumwelt zurechtgemacht, darin verbringen sie ihre Zeit und rufen Hosianna. Sie waren emotional mit dem Staat verbunden, wozu sie, Ulla Binder, nicht fähig gewesen war.

Die Frauen glaubten, was man ihnen sagte. Das hatte Ulla nie fertiggebracht. Die Einschränkung der geistigen Freiheit haben sie nicht wahrgenommen. Die Hinwendung zur kleinbürgerlichen, zensierten Kunst ist ihnen verborgen geblieben. Oder haben sie es nur vergessen? Woran sich diese Frauen jetzt erinnerten, war die innere Übereinstimmung, in der sie mit dem Staat gelebt hatten. Wozu sie jetzt keinen Anlass verspürten. Denn jetzt nahm sie keiner mehr ernst.

Am sechsten Tag ihres Aufenthalts entschloss sich Ulla, das Haus zu verlassen. Sie war nicht bereit, eine Erklärung abzugeben oder sich zu rechtfertigen. Da kam ein Brief von Marie, und sie blieb. Das Mädchen hatte ihr in einem Anfall ungehemmter Euphorie geschrieben. Dieses hinterhältige Kind behauptete, die Klinik sei der Anfang eines neuen Lebens, der kühne Sprung in die zwar kalte, aber doch unwiderrufliche Wirklichkeit. Und sie schrieb, sie habe drei Tage frei, käme zu ihr in die raue Hügelwelt Thüringens. Ein Zimmer hätte sie auch schon, dafür habe Christa Windeck gesorgt, und sie brauche nicht einmal dafür zu bezahlen.

Der Brief brachte Ulla aus dem Gleichgewicht. Einmal, weil sie Maries Liebe auf so ungezwungene, selbstverständliche Art spürte, die sich vor allem in ihrer Zuversicht ausdrückte. Und schließlich, weil sie nun darüber nachzudenken hatte, ob Windeck, seine Frau und Marie nicht doch recht hatten. Der Gedanke war ihr unheimlich, aber sie war bereit, ihn nicht einfach wegzuschieben.

Ihr Leben, das musste sie zugeben, bestand aus Selbstbeschwichtigungen. Das war, wie sie auch zugeben musste, keine Lebensform auf Dauer. Warum glaubt man, in der Vergangenheit glücklich gewesen zu sein, obwohl man es gar nicht so empfunden hatte. Vielleicht, weil man das Unangenehme schneller vergisst? Und warum ist die Gegenwart immer nur trist und missgünstig? Sie spürte, wenn sie diesen Gedanken weiterverfolgte, würde sie auf ihre eigene Unzulänglichkeit stoßen. Also ließ sie es. Übrig blieb die Freude auf Marie, ihre kleine, respektlose Tochter.

Es schneite. Der Schnee blieb nicht liegen. Die Wege waren weich. Sie konnte sich nur auf der gepflasterten Straße fortbewegen. Also blieb sie in ihrem Zimmer, tat etwas, was sie seit langer Zeit nicht mehr getan hatte: Sie las. Als sie ihre Arbeit verloren hatte, interessierte sie nichts mehr, die Schicksale der Menschen in den Büchern ließen sie auf eine herzlose Weise kalt.

Marie kam wie ein bunter Vogel. Am ersten Abend mit ihr sagte das Mädchen: »Wenn du nicht meine Mutter wärst, ich würde dir das Du anbieten.« Das Lob der Tochter hob sie in eine freundliche Höhe. Und obwohl sie längst noch nicht eins war mit sich und ihrem Leben, spielte sie tapfer und zuversichtlich die Genesende.

Marie umarmte die Mutter, streichelte sie, küsste sie.

Und sie fing an, Pläne zu schmieden. »Wenn die Idioten beim neuen Schulbuchverlag dich nicht haben wollen, gehen wir beide in ein anderes Bundesland. Nur nicht nach Bayern, am besten ins Saarland. Gleich um die Ecke ist Frankreich, und Frankreich, das weißt du ja, ist mein Traumland. In Saarbrücken bekommst du ganz bestimmt was.«

»Marie«, sagte die Mutter streng und glücklich, »was hast du nur für ein Vokabular?«

Am Nachmittag des zweiten Tages schien die Sonne. Ulla und Marie liefen durch den Wald. Ulla kannte den Weg. Er kam ihr plötzlich wie verwandelt vor. Die Kiefern waren grüner, in ihre Stämme waren geheimnisvolle Zeichen eingekerbt. Es duftete nach Frühling. Der Himmel war so hoch und so blau, wie sie ihn vorher nie gesehen hatte. Mit einer Heiterkeit, der nichts Alltägliches anhaftete, kehrten sie in eine Waldgaststätte ein, setzten sich an einen Tisch, nahe einem vertrauenswürdigen, bunten Kachelofen. Einige Tische weiter saßen ein paar Männer in grünen Jacken. Marie kicherte etwas albern: »Vorsicht, die sind aus Bayern.«

Die Männer sahen zu ihnen hin, grinsten bierselig. Einer hob sein Glas, prostete ihnen zu. Es war kein ganz junger Mann mehr, mit keckem Blick und trunkener Selbstgefälligkeit.

»Der meint dich«, sagte Marie, lachte die Mutter an. »Du musst jetzt zurückprosten. Der will dich anmachen.« Ulla wurde wütend, ihr missfiel, wie Marie kicherte. »Guck da nicht hin«, sagte sie. Da hoben alle sechs Männer ihre Gläser zu ihnen hin. Marie brach in schallendes Gelächter aus. »Mutter«, sagte sie, »ist doch nur ein Scherz.« Ulla riss sich zusammen, lächelte widerwillig zurück. Ihr Lächeln war eher eine mühevolle Strapaze ihrer Mundmuskulatur. In ihren Augen war kein Widerschein von Entspannung.

»Mutter«, sagte Marie, »es sind doch nur kleine grüne Affen. Verstehst du keinen Spaß mehr?«

Sie tranken ihren Kaffee schnell aus, zahlten und verließen eilig die Gaststätte, wie nach einem peinlichen Zwischenfall.

Beim Hinausgehen sah Ulla, wie Marie sich zu den Männern umdrehte, ihnen zuwinkte und entschuldigend lächelte.

Drei Tage vergingen wie ein Hauch. Am Mittwoch, dem 17. Februar, gegen 11 Uhr, brachte Ulla die Tochter zur Haltestelle. Bis Weimar musste sie mit dem Bus fahren, dann würde sie in den Zug steigen, der aus Frankfurt am Main kam und nach Frankfurt Oder fuhr. Der Bus war fast leer. Marie setzte sich auf die letzte Bank, damit sie der Mutter lange winken konnte. Ulla sah ihr nach, bis der Bus in die Kurve ging und ihrem Blick entschwand.

Es war das letzte Mal, dass Ulla ihre Tochter lebend sah.

4

Marie fuhr zum Hauptbahnhof. Das Bahnhofsgebäude, ein grauer Würfel, war ohne jeden Reiz. Kein Café, kein Buchladen, nicht einmal eine Bank, auf der sich der müde Wanderer ausruhen oder seinen Gedanken nachhängen konnte. Schmutzige Wände über einem Fliesensockel in langweiligem Grün. 0 mein geliebtes Weimar, dachte Marie, was bist du doch für ein hässlicher Vogel. Wo alles auf Glanzlack aus ist, wer soll noch Notiz von dir nehmen. Wen interessiert schon dein schöner Geist. Sie ging vor die Tür, hatte einen weiten Blick die Straße hinunter, die, ein wenig abfallend, zur Stadt führte. Von ihr ging der Zauber einer ausgedienten Zollbaracke aus. Hätte ihr, der künftigen Germanistin, nicht das Herz höher schlagen müssen angesichts dieser Stadt, der beneideten Ansammlung berühmter Namen? Marie musste zwei Stunden totschlagen, bis sie in ihren Zug steigen konnte. Sie ging hinauf zum Bahnsteig 5, setzte sich auf eine Bank, holte ihr Vokabelheft aus dem Rucksack. Der Wind fegte kalt über sie hinweg. Sie ging wieder auf die Straße und suchte sich ein windgeschütztes Plätzchen. Ein Lastwagen kam näher, hielt vor dem Haupteingang. Auf der Wagentür stand gelb auf blau: Albert Prinz & Co. Transporte aller Art. Der Fahrer, ein alter Mann, stieg aus, ging in die Halle. Mann o Mann, der hat Mut, dachte Marie, hier im Halteverbot zu parken. Der Mann war zum Zigarettenautomaten gegangen. In diesem

Augenblick schlenderten zwei Polizisten auf den Bahnhof zu. Marie, unbekümmert und hilfsbereit, lief in die Halle und sagte dem Mann, welch personifiziertes Unheil sich seinem Auto näherte. Der war sofort hellwach, sein Kraftfahrerimpuls funktionierte perfekt. Er drückte ihr Geld in die Hand, sagte: »Eine Schachtel HB. Ich dreh derweil eine Runde.« Dann lief er hinaus, gerade noch rechtzeitig, bevor die geballte Staatsmacht ihn beim Wickel nehmen konnte. Marie kam mit den Zigaretten aus dem Bahnhof. Es dauerte nicht lange, da tauchte der Wagen von Prinz & Co. wieder auf.

Albert Prinz war erst fünfzig, für Marie steinalt. Er fragte: »Wo wollen Sie denn hin, Mädchen?«

Marie sagte schwunglos: »Nach Lindstadt. Wissen Sie, wo das ist?«

»Die Spedition Prinz & Co. kennt alle Ecken.«

»Würden Sie mich mitnehmen?«

»Dahin fahre ich ja nicht, aber ich könnte Sie bis Ruhland bringen und Sie dort am Bahnhof absetzen.«

Marie lachte. »Dann kann ich ja gleich mit dem Zug fahren.«

»Bei mir gibt es Milchkaffee, eine Salamischrippe, sie ist nicht mehr ganz frisch, aber sie kommt von Herzen. Und Sie haben das einzigartige Vergnügen, mir Gesellschaft zu leisten.«

»Ach, und wie soll ich dann weiterkommen?«

»Von Ruhland bis Lindstadt ist Nahverkehr, alle paar Minuten fährt da ein Zug, und außerdem ist es billiger.«

»Sie reden nicht wie ein Fuhrunternehmer, eher wie ein Fernsehunterhalter.« Marie lachte, der Alte gefiel ihr.

»Davon erzähle ich Ihnen unterwegs. Los, steigen Sie ein. Wenn ich hier noch lange quatsche, kommen die Grünen zurück.«

»Sie sind ein schamloser Lügner. Die Züge fahren bestimmt nicht alle paar Minuten.«

Albert Prinz schmunzelte. Nun war er nicht mehr allein, über die lange Strecke würde ihn dieses muntere Mädchen unterhalten. Würde ihm helfen, seine verdammte Müdigkeit zu überwinden. Marie kletterte in das Führerhaus.

Als sie auf der Autobahn waren, begann der Mann ein Gespräch. Bis dahin hatte er zu tun, sich durch eingeengte Fahrbahnen, um Einbahnstraßen, an Bushaltestellen vorbei und durch enge Gassen zu schlängeln. Eigentlich war es Marie, die den Mann zum Reden brachte. Es erschien ihr unnatürlich, still neben einem Fremden zu sitzen, ihm fremd zu bleiben, bis sie wieder ausstieg.

»Wer ist Co.?«, fragte sie. »Der Sohn oder die Tochter?«

»Das Finanzamt ist mein stiller, raffgieriger Teilhaber.«

»Geht Ihr Laden so schlecht?«

»Wenn ich die Preise nach Tarif berechnen könnte, wäre alles okay. Aber die Leute haben wenig Geld, also geh ich runter, verstehen Sie?«

Marie nickte brav. »Sie haben einen Sohn?«

»Zwei und eine Tochter.«

»Gut, und was ist mit dem Fernsehen? Waren Sie wirklich mal dort?«

Er schmunzelte. »Ich nannte mich damals Alleinunterhalter. Da brauchste nur zu quatschen. Ein toller Job.

Und es gab Zaster.« Er rieb den Daumen gegen den Zeigefinger, lachte in Erinnerung an seine glanzvolle Zeit.

»Wahnsinn«, sagte Marie, »Alleinunterhalter heißt, dass Sie sich allein unterhalten haben. Und dafür gab es Geld?«

»Mädel«, sagte er unwirsch, »nicht ich habe mich unterhalten, ich habe die Leute unterhalten. Heut nennt man so einen Entertainer oder Moderator. Ich persönlich habe mich immer für einen Gaukler gehalten, verstehen Sie.«

»Und warum sind Sie in das Transportgeschäft abgestürzt?«

»Sie können Fragen stellen«, knurrte der Mann. »Ich habe meine Zeit gehabt.«

Die Autobahn glänzte vor Nässe. Noch war es hell, aber es würde nicht lange dauern, bis die Bahn im Dunkeln lag. Ihre Gespräche versickerten. Marie fischte ihr Vokabelheft aus dem Rucksack, begann zu lesen. Plötzlich spürte sie eine Schlenkerbewegung, wie in einem Boot, das probeweise auf den Wellen tanzte. Sie blickte ihn vorwurfsvoll an, entdeckte mit leisem Entsetzen, dass sein Gesicht vor Müdigkeit entstellt war. »Sie dürfen nicht einschlafen«, sagte sie ängstlich und böse zugleich, »das würde uns schlecht bekommen.«

Er seufzte. »Passen Sie ein bisschen auf mich auf, ja? Sie tun ein gutes Werk.«

»Jetzt weiß ich auch, warum Sie mich mitgenommen haben.« Marie war wieder versöhnt, sagte: »Ein Feind, den man kennt, ist kein Feind.«

»Romain Rolland«, erwiderte er, stolz auf seine Literaturkenntnisse.

Dann passierte es doch. Marie sah von der Fahrbahn zum Fahrer, vom Fahrer zur Fahrbahn. Plötzlich schoss der Wagen in Richtung Grünstreifen, auf einen Betonpfeiler zu. Marie schrie laut auf. »O Gott«, sagte sie, »jetzt wäre es beinahe passiert.«

Albert Prinz steuerte den Wagen auf einen Parkplatz. »Ich muss mich einen Moment ausruhen«, sagte er, »es hat keinen Zweck. Sie sind mir doch nicht böse.«

»Das Transportgeschäft ist mörderisch, nicht wahr?«, sagte Marie.

»Sie haben mir das Leben gerettet. Ich stehe in Ihrer Schuld.«

»Also gut, ruhen Sie sich aus. Ich warte hier. Wenn Sie sich ein bisschen besser fühlen, fahren wir weiter, und in Ruhland spendieren Sie mir eine Bockwurst, einverstanden.«

»Eine Bockwurst gegen ein Leben.« Er sah sie liebevoll an.

»Und gegen einen Strafzettel«, fügte sie hinzu.

Albert Prinz verschwand in der Koje, kroch in seinen Schlafsack.

Bald hörte sie ihn schnarchen. Eine Stunde geb ich dir, dachte sie, dann weck ich dich, du Alleinunterhalter.

Zwei Stunden waren vergangen, als Albert Prinz munter wurde und aus seinem Verschlag kam. Das Mädchen war nicht mehr da, auch ihr Anorak und der Rucksack waren verschwunden. Unterm Deckel des Aschenbechers klemmte ein Zettel: »Bin mit dem flotten Hirsch, der vor uns stand, weitergefahren. Die Bockwurst hol ich mir ein andermal.

Gute Fahrt, Marie.«

Albert Prinz bedauerte, dass sie nicht mehr da war. Diese jungen Dinger, dachte er, fliegen auf flotte Hirsche. Es muss der rote Alfa Romeo gewesen sein, der vor mir stand. Na gut, soll sie ihren Spaß haben. Er zerknüllte den Zettel, warf ihn aus dem Fenster. Dann fuhr er weiter.

5

Der Mann, zu dem Marie ins Auto gestiegen war, hieß Attila Kunze, war fünfundvierzig Jahre alt, Chemiker von Beruf, verheiratet mit Steffi, einer Buchhalterin. Sie war seine zweite Frau. Das Ehepaar hatte zwei Kinder. Bis zur Wende hatte der Mann in einem Betrieb gearbeitet, in dem Pflanzenschutzmittel hergestellt wurden. Die Treuhand verkaufte diesen Betrieb an einen Unternehmer aus Mannheim. Nach einem Jahr ließ der neue Mann das Werk abreißen.

Attila Kunze machte mit der Abfindung und einem erheblichen Zuschuss seines Schwiegervaters eine Werkstatt für Feuerlöscher auf, reparierte, füllte, stellte neue her. Das Unternehmen florierte. Er besaß die Generalvertretung für den südlichen Teil Brandenburgs. Nun bewarb er sich um die Vertretung für Thüringen, wollte sich über den südlichen Teil ausstrecken. Zu diesem Zweck war er nach Erfurt gefahren, nun war er auf dem Heimweg. Er wohnte in einem kleinen Vorort von Lindstadt.

Als er das Mädchen auf dem Parkplatz sah, kam sie ihm verloren zwischen den großen Brummern vor. Sie war klein und schmal und fror. Die nasse Kälte des Februartages hatte sich auf Gesicht und Kleidung gelegt. Sie war sofort bereit mitzufahren, lief zum Fahrerhaus eines Lasters, holte ihren Rucksack und stieg zu ihm.

Nach und nach erzählte er ihr seine Lebensgeschichte, besser gesagt, sie fragte sie aus ihm heraus. Es war nicht jene Neugier, die gelangweilte Menschen an den Tag legen. Sie wollte ernsthaft dahinterkommen, wie Menschen leben, wie sie ihren Alltag, ihre Probleme bewältigen. Diese Fragen mussten, so vermutete er, mit ihrer Mutter zusammenhängen, von der sie sagte, dass sie in der neuen Ordnung nicht zurechtkäme. Attila Kunze gab bereitwillig Auskunft. Er war solches Interesse nicht gewöhnt. Die meisten Leute fragten nur, um sich die Gelegenheit zu verschaffen, von sich zu erzählen.

Ihre Fragen taten ihm auf sonderbare Weise wohl. Er konnte dieses Gefühl nicht definieren. Dann wieder fand er sie aufdringlich und anmaßend. Es war sonst immer umgekehrt. Überall, wo er hinkam, näherten sich ihm Frauen auf eindeutige Weise.

Bei ihr war es keine Aufmerksamkeit, die sich auf ihn, den Mann, bezog. Ihre Fragen waren sachlich, nichts weiter. Hübsch war sie auch nicht, zu dünn, mickrig, blass, Nickelbrille, typisch Studentin. Diese jungen Dinger sehen ohnehin alle gleich aus, dachte er, uniformiert, Jeans, Anorak, dicksohlige Schnürschuh. Da steckte nichts dahinter, die sind wie ein weißes Stück Seife. Er kannte sich aus mit Frauen. Die war keine, die einen Mann reizen konnte. Trotzdem könnte sie ein bisschen netter sein. Sie weiß ja nicht, dass ich sie höchst mittelmäßig finde. Das Gespräch versiegte. Sie hatte den Kopf zurückgelegt, die Augen geschlossen. Es ging etwas Unnahbares von ihr aus. Das ärgerte ihn, reizte ihn. Noch nie war ihm eine Frau ausgewichen. Sie liefen ihm hinterher, zwar nicht in Scharen, doch ausreichend für jegliches Abenteuer. Nur diese kleine Kröte blieb unbeeindruckt von ihm. Mehr noch, sie strahlte Kälte aus. Nein, Kälte war es nicht, Gleichgültigkeit oder Würde. Was für ein hochtrabendes Wort. Ach, was kümmert mich dieser Grünspan. Ich habe, was ich will. Mir geht es gut, und das in jeder Hinsicht.

Das Leben war kompliziert. Er wusste, wie man es zu nehmen hatte. Sich nicht dirigieren lassen, sondern selbst dirigieren.

Wieder sah er zu ihr hin. Sie schien eingeschlafen zu sein. Der Gurt lag zwischen ihren Brüsten, straffte den Pullover. Die Brüste traten klein und spitz hervor, als wollten sie das Wollgemisch durchbohren. Die weiß nicht, was Liebe ist. Ich könnte ihr manches beibringen. Aus dem Gänseblümchen könnte ein Röschen werden.

Diese Engelchen wachmachen, das wäre ein Programm! Bei Sandra war es ähnlich. Jetzt weiß sie, wie bunt das Leben sein kann.

Als hätten seine Gedanken sie geweckt, schlug sie die Augen auf, sah ihn an, spürte, dass sich etwas verändert hatte. Sie hätte es nicht erklären können. Ihr war, als säße plötzlich ein anderer Mensch neben ihr. Attila Kunze fühlte sich auf eine sonderbare Weise ertappt. Holte Schokolade aus dem Handschuhfach, bot sie ihr mit tapsigem Charme an.

Es war, als wollte er etwas gutmachen. War sich der Hilflosigkeit dieser Geste widerwillig bewusst. Für diese Ergebenheitsgeste hätte er sich ohrfeigen können. Sie nahm die Schokolade, lächelte ihn an. Als sie Krümel von ihrer Hose wegschnippte, berührte sie seinen Arm. Er fühlte sich erregt. Selten hatte ihn die Berührung einer Frau so verunsichert, selbst wenn sie weniger zufällig war. Das absurde Verlangen überkam ihn, sie zu berühren.

Er verließ die Autobahn, fuhr in Richtung Ruhland. Die Straße war leer, kaum ein Wagen war zu sehen. Bald würde er an jene Waldschneise kommen, in der er sich jeden Mittwoch mit Sandra traf. Ein stilles Stückchen Erde, nie war einer dahin gekommen. Sie waren ungestört. Die Stunde mit Sandra verlief wild. Seit seine Frau arbeitslos war, den ganzen Tag zu Hause hockte, war das die beste Lösung. Wie in Trance fuhr er in jene Schneise. An der Stelle, wo einst ein Hochsitz stand, der beim letzten Sturm zusammengebrochen war, hing Sandra ihm schon am Hals. Doch neben ihm saß nicht Sandra, sondern dieses kantige Mädchen, das sich nichts aus ihm machte. Marie hatte gemerkt, dass er von der Straße abgekommen war, sah ihn verwirrt an, sagte, noch immer höflich, doch schon mit vorwurfsvollen Ton: »Wo fahren Sie hin?« Er gab keine Antwort. Sein Gesicht war verändert. Die Augen sahen blicklos auf den Waldweg. Es war, als dränge kein Wort mehr zu ihm.

Was hätte er ihr auch sagen sollen. Er wusste selbst nicht, was mit ihm geschah. Als er den Wagen anhielt, versuchte er, sie zu küssen. Marie wehrte sich, das stachelte ihn an. Er wollte den Beifahrersitz zurückklappen, aber es funktionierte nicht. Bei Sandra ging das reibungslos. Marie war in eine halbliegende Position geraten. Sie schlug nach ihm, kratzte, biss. Er wurde immer wilder. Blind vor Erregung wütete er wie besinnungslos. Um ihren Widerstand zu brechen, klemmte er ihren linken Arm zwischen Fahrersitz und seinen Körper. Dann schob er den Pullover hoch. Ihre Brust lag frei, er betastete sie, und ein nie gekanntes Gefühl überkam ihn.

Marie gelang es, die Hände freizubekommen. Sie versuchte, den Mann von sich zu stoßen, schrie um Hilfe. Er schlug ihr mit der Faust ins Gesicht, fasste nach ihrem Hals, drückte. Marie begann zu husten und zu schlucken. Da packte er ihren Hals mit beiden Händen. Seine Daumen lagen seitlich des Kehlkopfes. Er löste den Würgegriff erst, als er keine Gegenwehr mehr spürte. Marie lag reglos auf dem Fahrersitz, ihr Kopf fiel zur Seite.

Mit einem Schlag war seine sexuelle Erregung erloschen. Ihn beherrschten plötzlich Angst und Entsetzen. Marie zeigte noch schwache Reaktionen. In ihrem Gesicht verbreiteten sich kleine, punktartige rote Flecken. Panik überkam ihn. Sie würde ihn anzeigen. Die war so eine, die ihn anzeigen würde. Dann wäre er erledigt, und mit ihm die ganze Familie. Der Schwiegervater, der Moralapostel, der sich aufspielte, als hätte er die zehn Gebote erfunden, würde sein Geld aus dem Geschäft zurückziehen. Damit wäre alles zu Ende. Sein Unternehmen lief gut, die Firma begann zu blühen. Er würde expandieren, zu Wohlstand und Ansehen kommen. Und das sollte alles vorbei sein dieses kleinen, unbedeutenden Mädchens wegen?

Er musste sich vor ihr schützen. Dieser Skandal würde

ihn ruinieren. Es gab keinen anderen Ausweg. Er musste sie töten. Als er sich zu diesem Entschluss durchgerungen hatte, war er fast erleichtert. Also musste er es auf sich nehmen, kaltblütig und mitleidlos sein Ziel zu verfolgen. Er hatte eine Schlacht zu schlagen und sie zu gewinnen.

Im Kofferraum fand er Stahldraht, den er dem Mädchen um den Hals legte. Er drehte zu.

Dann hob er sie aus den Wagen, trug sie in die Kiefernschonung, legte sie auf den Boden, schlug ihr mit der Faust ins Gesicht, einmal, zweimal und noch einmal. Blutiger Schaum trat aus ihrem Mund. Sie war also noch nicht tot.

Er suchte nach einem Gegenstand, um sein Werk zu vollenden. Mit einem Knüppel schlug er auf den Kopf des sterbenden Mädchens. War es nun endlich vorbei? Er musste sicher sein, durfte kein Risiko eingehen. Inzwischen hatte er jede Hemmung verloren, kam sich wie ein Krieger vor, der in einem gerechten Kampf seinen Gegner erledigte. Er musste, ob er wollte oder nicht, im Namen seiner Kinder, seiner Frau, das Letzte tun. Er oder sie! Also legte er den Knüppel auf ihren Hals, drückte mit der ganzen Kraft seines schweren Körpers darauf.

So starb Marie, die gerade dabei war, ihren Platz in dieser Welt zu finden.

Als sich Attila Kunze überzeugt hatte, dass nun keine Gefahr mehr für ihn bestand, niemand mehr da war, der ihn anzeigen und vernichten konnte, spürte er Befriedigung. Und Selbstmitleid. Warum hatte sie sich gewehrt?

Was hatte er schon von ihr verlangt? Nichts anderes als das, was ihm andere Frauen freiwillig boten. Da war keine, die seinen Wünschen widerstanden hätte. Ohne Bedenken waren sie bereit zu geben, wonach es ihn verlangte.

Seine gerühmte Fähigkeit, kühl und exakt zu denken, Entscheidungen zu treffen, kehrte zurück. Er war wieder Herr der Lage. Nun lag es an ihm, er konnte alles zum Guten wenden. Er musste das Heft in die Hand nehmen, dann konnte nichts passieren. Den Knüppel hielt er noch immer in den Händen. Er musste ihn weit genug ins Gebüsch werfen. Dort würde ihn niemand finden. Dann klopfte er Tannennadeln und Dreckpartikel von seinem Anzug, richtete die Krawatte, fuhr sich mit einem Kamm durchs Haar. Holte einen Spiegel aus dem Handschuhfach und betrachtete sein Gesicht. Ein wenig blass sah er aus, aber sonst war ihm nichts anzumerken. Er stieg in den Wagen, wendete, fuhr den Weg zur Hauptstraße zurück. Erleichtert stellte er fest, dass kein Fahrzeug in Sicht war, ihn niemand aus der Schneise kommen sah.

Plötzlich fiel ihm ein, dass der Rucksack des Mädchens und ihr Anorak noch auf dem Rücksitz lagen. Er fuhr rechts ran, schaltete die Warnleuchte ein, stieg aus und versteckte die Sachen im Kofferraum. Ihm war sofort klar, dass er sie verbrennen müsste, am besten im Heizungsofen seines Hauses. Die Metallschnallen des Rucksacks würden übrig bleiben und der Reißverschluss des Anoraks. Die würde er, wenn er morgens die Asche wegbrachte, entfernen. Er fand, dass er mit strategischer Exaktheit und fast kriegerischer Strenge die Dinge zu regeln begann.

Daraus schöpfte er die Gewissheit, dass dies eine zwar traurige, ja tragische Episode war, aber eben doch nur eine Episode. Nach einer gewissen Zeit würde er sie vergessen.

6

Steffi Kunze stand in der Küche, beschäftigt mit Arbeiten, an denen keine Hausfrau vorbeikommt, wenn ihr eine gewisse Ordnungsliebe eigen ist. Ihr war eine sehr ausgeprägte Ordnungsliebe eigen.

Gegen 17 Uhr hörte sie Motorengeräusche. Sie drehte das Radio leiser und sah zum Fenster hinaus. Der rote Alfa ihres Mannes fuhr auf den Hof. Sie atmete auf. Immer wenn er unterwegs war, hatte sie Angst. Es passierten jetzt so schreckliche Dinge. Ob er Erfolg hatte? Es würde ihm Auftrieb geben, obwohl er das nicht nötig hatte, objektiv gesehen. Seine Leistungen waren anerkannt, doch er liebte es, bewundert zu werden. Hingebungsvoll konnte er von verbissenen Verhandlungen erzählen, aus denen er als Sieger hervorgegangen war. Sie nahm das mit verstohlener Heiterkeit hin.

Er war ein fleißiger Mensch, das rechnete sie ihm hoch an. Aber es gehörte zu seinen Eigenarten, Erfolg haben zu müssen. Er war ein Siegertyp. Als Verlierer konnte sie sich ihn nicht vorstellen. Nur hoffte sie, dass sich das Unternehmen nicht zu sehr aufblähte. Es würde ihm nicht gut bekommen. Und es wäre verhängnisvoll für ihre Ehe. Ein Thema, über das sie nicht gern nachdachte. Sie wusste nur zu gut, dass jede Sache irgendwann ein Eigenleben bekam, wie eine vom Kurs abgekommene Rakete nicht mehr steuerbar war.

Er verdiente so viel, wie sie zum Leben brauchten. Ihre

Eltern hatten ihr das Haus überschrieben, ihr, nicht ihnen beiden. Attila war gekränkt.

»Deine Eltern sind schlichte Leute«, sagte er. »Sie sind es nicht gewöhnt, in größeren Zusammenhängen zu denken. Wir haben das Haus, das allein zählt.« Steffi ärgerte sich, wenn er abfällig von ihren Eltern sprach. Sie versetzte ihm einen sanften Klaps. »Es ist doch nur«, sagte sie, »weil du deine erste Frau verlassen hast. Ein Mann, der so etwas macht, ist in ihren Augen unmoralisch.«

Die Sorge um eine bezahlbare Wohnung waren sie los, und sie litten keine Not. Jetzt kam es darauf an, ihn unauffällig zu lenken. Steffi hatte den praktischen Verstand eines Menschen, der in engster Berührung mit Zahlen, Berechnungen und Bilanzen aufgewachsen war. Sie besaß einen realistischen, ungetrübten Blick auf die Welt. Träume, Phantastereien waren ihr fremd, aber dafür sah sie die Dinge in ihren scharfen, eigentlichen Konturen.

Ihr erster Impuls war, ihm entgegenzugehen. Sie wollte wissen, was er erreicht hatte. Wollte ihm das unersetzbare Gefühl von Wichtigkeit geben. Aber vor allem lag ihr daran, ihm Behaglichkeit zu vermitteln. Ihn spüren zu lassen, er ist der Herr im Haus. Dann ließ sie es, ging ihm nicht entgegen. Er würde ohnehin gleich in die Küche kommen, das tat er immer. Erst wenn er sich überzeugt hatte, dass seine Welt in Ordnung war, alle Dinge an ihrem vertrauten Platz standen, brachte er den Wagen in die Garage, ging um das Haus, verschloss die Türen, verriegelte die Kellerluken. Ganz so, wie es ein treusorgender Vater, erfolgreicher Geschäftsmann und souveränes Familienoberhaupt zu tun pflegt.

Heut kam er nicht in die Küche. Sie hörte die Haustür klappen, hörte ihn das Licht anknipsen. Die Kellertür knarrte. Er schlich wie ein Dieb ins Haus, stieg leise in den Keller. Warum? Was suchte er dort? Es dauerte lange. Später erinnerte sie sich an diesen Moment. Waren es zehn oder zwanzig Minuten? Sie wusste es nicht mehr. Sie erinnerte sich noch, dass sie das Radio lauter drehte, das Bügeleisen einschaltete und weiterbügelte. Als er dann endlich kam, sah er blass und mitgenommen aus. Nicht wie sonst, wenn er von einer Reise zurückkam.

Sie war sicher, dass er Erfolg gehabt hatte, dass man ihm die Vertretung für Thüringen übertragen hatte. Er küsste sie hinters Ohr. Ein Kuss, der nichts zu bedeuten hatte.

Sie gingen ins Wohnzimmer. Er ließ sich in den Sessel fallen.

Steffi fragte, was sie immer fragte. »Hast du Hunger?«

»Gibt mir einen Cognac«, sagte er, »ich bin etwas abgespannt.« Dann erzählte er, wie er die Verhandlung geführt hatte, wie positiv sie gelaufen war. Die Empfehlung der Stadtverwaltung war so was wie das Pünktchen auf dem i. Steffi fand, dass er schwunglos erzählte, als sei ihm die Kraft ausgegangen. Sie schrieb es seiner Müdigkeit zu. Oder war er etwa krank?

»Soll ich Sandra und Henry absagen?«, fragte sie.

Attila schlug sich mit der flachen Hand gegen die Stirn. »Scheiße, heut ist ja unser Rommé-Tag.«

»Ich rufe an. Dir geht es eben nicht gut, das verstehen sie schon.«

»Ach was«, erwiderte Attila, »die beiden Affen sind genau die Entspannung, die ich brauche.«

Steffi gefiel es nicht, wie er über seine Freunde sprach, aber sie sagte nichts.

Am Abend kamen Sandra und ihr Mann Henry, die etwa eine Stunde entfernt in einem Siedlungshäuschen wohnten. Im Korridor zogen sie sich die Schuhe aus, was Steffi jedes Mal zur Raserei brachte. »Unsere Wohnung ist doch kein Museum.« Sandra lachte. Sie war ein Mensch, der auf einer rosa Wolke lebte. Rosarot war auch ihre Lieblingsfarbe. Ihre Fröhlichkeit war beunruhigend. Nie hatte sie jemand nachdenklich gesehen. Nachdenken war ohnehin nicht ihre Stärke. Sie spürte instinktiv, Lachen übte Zwang auf Menschen aus. Man reagierte anders, wenn man einen anlachte, auch wenn es keinen Grund dazu gab. Sandra war pflegeleicht, nie launisch, nicht melancholisch. Ihre Stärke war Hilfsbereitschaft von der kräftigen, bäuerlichen Art. Das schätzte Steffi an ihr, wollte sie als Freundin nicht entbehren.

Dass sich diese blonde Schönheit durch Liebesdienste entschädigen ließ, ahnte Steffi nicht. Sie empfand Genugtuung, als sie sah, mit welcher Hingabe Sandra Attila zuhörte, obwohl sie kaum in der Lage war, die Zusammenhänge zu begreifen. »Ich hab's gewusst«, rief Sandra schließlich, »dass du es schaffst, wer sollte es wohl sonst schaffen, wenn nicht du!« Sie wandte sich an ihren Mann: »Stimmt's, Henry, hab ich nicht gesagt, dass Atti das Rennen macht?« Henry nickte. Er nickte wie immer, wenn er vermuten konnte, dass seine Frau es von ihm erwartete. »Das ist ein Grund zum Feiern«, fuhr Sandra fort, zog eine Flasche Sekt aus der Tasche. »Darauf stoßen wir jetzt an.«

So kam es, dass Attila Kunze den Tag, an dem er die kleine Marie ermordet hatte, mit Sekt feierte. Es dauerte nicht lange, bis Sandra jene Leichtigkeit erreicht hatte, die dem Leichtsinn verwandt ist. Sie saß Attila gegenüber. Sie hielten es immer so, konnten sich mühelos in die Augen sehen. Manchmal spielte sie das erotische Spiel heimlicher Liebespaare, das seinen prickelnden Reiz durch die Anwesenheit anderer bekam. Sie reckte ihren Fuß bis zu ihm hin, rieb ihn an seinem Schenkel, fuhr ihm zwischen die Beine und beobachtete belustigt das Aufflammen seiner Lust. Sie fand schnell einen Grund, in plätscherndes Lachen auszubrechen. Attila verhielt sich bei diesen Spielchen eher zurückhaltend, wenngleich er ihrem Reiz nicht widerstehen konnte. Doch eigentlich war er zu feige, als dass er dieses geringen Effektes wegen Ärger mit seiner Frau riskieren wollte.

An diesem Abend aber geschah etwas Unerwartetes. Sandras sexuelle Annäherungen stießen ihn ab. Die Frau kam ihm mit einemmal verdorben vor. Er konnte sich plötzlich nicht mehr vorstellen, sich mit ihr im heftigen, ausdauernden Liebesspiel zu vereinen. Es war, als könnte er nicht einmal mehr ihr andeutungsreiches Lachen ertragen. Verwundert registrierte er eine sonderbare, sich verstärkende Gleichgültigkeit. Als er ihren Fuß an seinen Schenkeln spürte, ihre Blicke Lust versprühten, verlor sich aller Zauber.

Mit einem Mal wusste er; der Reiz lag nicht in der willenlosen Unterwerfung einer Frau. Der Reiz lag im Widerstand. Diese Erfahrung hatte er am Nachmittag gemacht. Bedauerlich, dass die Begegnung einen solchen Ausgang nehmen musste. Was hätte aus ihnen für ein Paar werden können! Diese Kleine war klug, schlagfertig, von jener intellektuellen Kessheit, die er bei Frauen besonders liebte. Nur der Kampf krönt den Sieg, ein Sieg ohne Kampf ist langweilig. Schade, dass sie tot ist.

Sandras heimliche Liebkosungen gingen ins Leere. Ihre Blicke blieben unbeantwortet. Er spürte, wie weit er schon von ihr entfernt war. Es war Bedauern dabei, als er sich bewusst wurde, dass hier eine durchaus reizvolle Romanze zu Ende gegangen war. Ihre Verbindung hatte zu wenig Substanz, daran war nicht er schuld. Die Leidenschaft war zwischen ihnen aufgeflammt, wenn sie wie besinnungslos übereinanderherfielen, zwischen den Begegnungen dachte er kaum an sie.

»Ich mach uns was zu essen«, sagte Steffi, stand auf und ging in die Küche. Es gehörte zu den Riten ihrer wöchentlichen Zusammenkünfte, dass die Hausfrau gegen Mitternacht einen Imbiss machte. Steffi brachte es immer nur zu Bockwurst mit Salat. Alles wiederholte sich auf ermüdende Art, aber alle vier hielten eigensinnig an den Zusammenkünften fest. Sandra und Attila, weil sie Gelegenheit hatten, ihre Rendezvous zu vereinbaren, Henry, weil er hoffte, die Kontakte könnten ihm helfen, in Attilas Unternehmen einzusteigen. Für Steffi waren diese Abende die einzige Unterbrechung ihres graugetönten Alltags. Als Finanzbuchhalterin hatte sie im Betrieb nicht gerade ein aufregendes Leben gehabt. Aber sie war mit Menschen zusammengekommen, die Arbeit hatte ihr Spaß gemacht. Jetzt bestand ihr Leben aus einer Abfolge gleichbleibender Verrichtungen, die keiner zur Kenntnis nahm, schon gar nicht würdigte.

Henry war aufgestanden, folgte Steffi in braver Ergebenheit.

Attila und Sandra waren allein. Sie ergriff spontan seine Hand, drückte sie, wollte ihn aus seiner Lethargie wecken. Sie spürte, er war anders als sonst. »Morgen um drei?«, fragte sie. »Ich sage, ich geh zum Zahnarzt.« Attila schrak zusammen, daran hatte er nicht mehr gedacht. Er konnte sich mit ihr nicht im Wald, in ihrem Winkel treffen. Da lag das tote Mädchen. Dieser Ort war für immer verloren. Selbst wenn man das tote Mädchen weggeschafft hatte, konnte er da nicht mehr hingehen. Sandra beobachtete ihn. »Was ist los mit dir?« Sie vermisste seine Begeisterung. »Um drei an unserem Platz«, wiederholte sie. Vorwurfsvoll zog sie ihren Fuß aus der molligen Wärme seiner Oberschenkel.

»Es war ein anstrengender Tag«, versuchte er sich zu entschuldigen.

»Oder ist da etwa eine andere?«, fragte sie mit der eisernen, unverwüstlichen Logik einer Frau, die eine vage Veränderung an ihrem Geliebten wahrnimmt. »Ich kratz ihr die Augen aus.«

»An etwas anderes kannst du wohl nicht denken«, sagte Attila kalt.

Plötzlich fühlte sie sich unter seinem Blick nicht mehr wohl.

Sie warf den Kopf zurück, eine Geste, die sie perfekt beherrschte, stand auf und folgte den anderen in die Küche. Steffi stand am Herd, fischte die Würstchen aus einem Topf, Henry stellte Gläser auf ein Tablett. Sandra hörte ihren Mann sagen: »Jetzt könnte es doch klappen, oder?«

Dann erfuhr Sandra, worüber sie gesprochen hatten. Henry versuchte über Steffi in das Geschäft zu kommen. Er war seit einem Jahr arbeitslos, hielt das zweckentfremdete Leben, wie er es nannte, nicht mehr aus. Sandra lachte, hielt sich eine Weile an ihrem Lachen fest. »Wer weiß«, sagte sie »vielleicht bin ich die bessere Fürbitterin.«

Als sie in das Wohnzimmer zurückkamen, saß Attila am Tisch, den Kopf in die Hände gestützt, ein Bild unendlicher Müdigkeit. Er sah sie an, sein Blick folgte den kauenden Bewegungen ihrer Münder. Es lag etwas Geringschätziges in seinem Blick, auch etwas Hoffärtiges. Er dachte, was passiert, wenn ich jetzt aufstehe, ein paar theatralische Verrenkungen mache und feierlich erkläre: »Heut Nachmittag, gegen 15 Uhr 45, habe ich ein Mädchen getötet. Ich bin ein Mörder.« Sie würden ihn anstarren, ungläubig, befremdet. Sandra, das Flittchen, würde lachend sagen: »Dann erzähl doch mal, wie das war.« Henry, der liebenswürdige Trottel, der korrekt und phantasielos war, dem der liebe Gott jeglichen Humor verweigert hatte, würde sagen: »Solche Scherze macht man nicht.« Nur Steffi wüsste, dass er die Wahrheit sagte. Wahrscheinlich würde sie, ohne ein Wort zu sagen, aufstehen und gehen.

»Ich hab genug«, sagte er plötzlich, als wache er aus einem Traum auf, »ich geh schlafen.« Er schob seinen Teller zurück, stand auf, ging ohne Gruß davon. Sie sahen ihm nach, schwiegen betroffen, keiner rührte sich. Dann hörten sie seine Schritte im Zimmer über ihnen. Er lief hin und her, als fände er keine Ruhe.

Später, als Steffi ins Schlafzimmer kam, sich neben ihn legte, fragte sie: »Was hast du eigentlich im Keller gemacht. Du gehst doch nie in den Keller, schon gar nicht, wenn du den guten Anzug anhast?«

Er gähnte. »Das erzähl ich dir morgen«, drehte sich auf seine Seite und tat, als schliefe er ein.

7

Am Morgen des 18. Februar machten sich zwei Waldarbeiter auf den Weg, ihre Arbeit im Forst Hohenblick fortzusetzen. Der Boden war gefroren, es herrschte winterliche Stille. Eine dünne Schneedecke bedeckte ärmlich den Boden. Kurt Wolf, der ältere der beiden Männer, entdeckte die Reifenspur eines Autos. »Die war gestern, als wir Feierabend machten, noch nicht da«, sagte er misstrauisch. »Glaubst du, Jakob will uns kontrollieren? Schnüffelt er hinter uns her und guckt, was wir geschafft haben?«

Der Wald sollte verkauft werden. Die Männer hatten eine Bestandsaufnahme zu machen, kranke Bäume zu kennzeichnen, Futterstellen und Hochsitze auf ihre Beschaffenheit zu überprüfen.

Vor der Wende war Kurt Wolf Leiter der Mordkommission gewesen. Er ging, weil sein Posten von einem aus dem Westen besetzt wurde. Zwar konnte ihm, trotz nervösen Suchens der Gauck- und anderer Behörden, kein Vergehen nachgewiesen werden, doch die ihm angebotene Stelle als Sachbearbeiter musste er ablehnen. Das war, als würde man einem Herzchirurgen die Behandlung von Hühneraugen anvertrauen. Kurt Wolf regte sich zuerst sehr, dann gar nicht mehr auf und kündigte. Das glaubte er, sich sich schuldig zu sein.

Frank, der jüngere, war einst Lehrer für Mathematik und Staatsbürgerkunde. Und er war Parteisekretär der

Schule. Er hatte dieses Amt mit der Gutmütigkeit eines Maulesels drei Jahre lang ausgeübt. Niemand hatte es machen wollen, ihm, dem Junggesellen, schob man es listig in die Schuhe. Und er war auch noch stolz darauf, dass die Kollegen ihm vertrauten.

Dass er den Schuldienst aufgeben musste, empfand er als einen schweren Schicksalsschlag. Kurt brachte ihm die Kunst des Überlebens bei, wurde dabei selbst weise. Sie verstanden sich gut, die beiden Männer, fühlten sich wie zwei, die unbeachtet von der übrigen Menschheit einsam in einem Boot auf dem Ozean trieben. Sie priesen die frische Luft, die sie kostenlos atmen durften, und sie waren sich einig, dass die langen Märsche durch die Wälder sowohl ihrem Bewegungsapparat als auch ihren Seelen guttaten. Sie würden nie Bauch ansetzen. Mit einem Wort, es hätte sie schlechter treffen können. Und das war, auf andere Art, eine neue Hoffnung.

»Was fährt der Alte für einen Wagen?«, fragte Kurt, dem die kriminalistische Betrachtungsweise des Alltags wie eine Sucht anhaftete.

Frank lachte. »Unser Boss mit dem Intelligenzquotienten eines Teddybärs ist gar nicht in der Lage, uns nachzustellen.« Frank hasste den Vorarbeiter. Es war eine beinahe naturgegebene Feindschaft, die zwischen ihnen, dem schlichten Denker und dem selbstbewussten Intellektuellen, fast zwangsläufig entstanden war, da sich ihre Berührungspunkte nicht auf einen Morgengruß beschränken ließen, sondern in ein erzwungenes Unterstellungsverhältnis ausarteten.

»Dumme Menschen sind misstrauische Menschen«,

entgegnete Kurt. »Dem Kerl traue ich alles zu.« Statt ihre Arbeit zu machen, folgten sie der Spur des Autos. Sie führte tief in den Wald hinein in eine Schonung.

Kurt hatte Zweifel, ob ihr Vorarbeiter, der sich zwar wichtig machte, aber nie wichtig sein konnte, diesen Weg überhaupt kannte.

Trotzdem gingen sie weiter, bis die Spur endete. Kurt entdeckte, dass der Wagen an dieser Stelle gewendet hatte und zurückgefahren war. »Was hat das zu bedeuten?«, fragte er. »Was sucht einer in der Schonung, mitten im Winter? Weihnachten ist vorbei.«

»Ein Hausbesitzer, der seinen Müll loswerden wollte.«

»Darauf hätte ich auch kommen können«, knurrte Kurt. »Wenn ich den erwische!«

Frank grinste. »Vielleicht können Kriminalisten nicht mehr in normalen Kategorien denken.« Sie sahen sich um, suchten die heimliche Müllhalde, fanden sie nicht. Als sie sich anschickten zurückzugehen, stieß Frank einen Schrei aus. Er hatte das tote Mädchen entdeckt.

Sie lag auf dem Rücken, die Beine leicht angewinkelt, die Arme ausgestreckt. Der Pullover war hochgeschoben, der Bauch und der Ansatz ihrer Brüste waren zu sehen. Ihre Augen waren geöffnet. Über das Gesicht war Blut gelaufen. Es schien aus einer Wunde gekommen zu sein, die sich offensichtlich am Kopf befand.

Die beiden Männer starrten auf das Mädchen. Kurt griff nach ihrer Hand, sie war kalt und leblos. Ein Instinkt wurde wach, der sein ganzes Leben bestimmt hatte. Als hätte er vergessen, dass er Waldarbeiter und nicht mehr Kriminalist war, traf er Entscheidungen. Schickte

Frank los, die Polizei zu verständigen. Er selbst machte, was er immer hatte tun müssen bei einem Leichenfund. Er ging auf Spurensuche, umkreiste die Leiche spiralenförmig, zog den Kreis immer weiter. Und endlich fand er etwas, einen Knüppel, der ins Gebüsch geworfen worden war. Es lag kein Schnee auf ihm, also war er frühestens gestern benutzt worden. Kurt ging davon aus, dass dieser Knüppel zum Tatgeschehen gehörte. Er ließ ihn unberührt, markierte die Fundstelle.

Als er glaubte, alles getan zu haben, ging er zurück zu jenem Weg, auf dem sie die Autospur aufgenommen hatten. Er wollte verhindern, dass die Polizeiwagen die Spur zermalmten. Die konnte für die Ermittlung von besonderer Bedeutung sein.

Wie er so stand und auf die Polizei wartete, erfasste ihn eine sonderbare Unruhe. Sein Herz klopfte plötzlich laut und aufgeregt. Er wurde sich bewusst, dass er gleich seinem Nachfolger gegenüberstehen würde. Dem, der jetzt an seinem Schreibtisch und auf seinem Sessel saß, seine Kaffeemaschine benutzte. Er war der Eindringling, der sein Leben sinnlos gemacht hatte. Was mochte er für ein Typ sein? Jung, selbstbewusst? Gewiss einer dieser smarten Yuppies, denen die Beförderung unvermutet in den Schoß gefallen war. Einer, dessen Weg mit Halbedelsteinen gepflastert war. Einem ersten Impuls folgend, wollte er weglaufen. Er hatte plötzlich Angst.

Kurts Unbehagen war bis zu diesem Tag eher allgemein gewesen. Es richtete sich gegen die Welt, das Universum, das Schicksal, den Zufall, die Fügung. Jetzt nahm es plötzlich Gestalt an, hatte einen Namen, ein

Gesicht, eine Stimme und Augen, in die er blicken musste.

Der Mann aus dem Westen war sicher wie alle waren, von liebenswürdiger, arroganter Höflichkeit, die nichts zu bedeuten hatte. Darauf gerichtet, keine Nähe entstehen zu lassen. Die Balance zwischen lächelndem Entgegenkommen und vorsätzlicher Herablassung zu halten. Was also sollte er hier?

Zu seiner eigenen Überraschung lief er nicht weg. Aber er begann durch die dicke Wattejacke zu frieren. Er fühlte eine tiefe, ratlose Beklommenheit. Dann dachte er an das tote Mädchen. Der Gedanke, dass durch seine Hilfe der Täter vielleicht schneller gefasst werden konnte, erfüllte ihn mit einer gewissen Genugtuung. Da schwand auch die Angst vor der Begegnung. Er wollte sich damit abfinden, dass sie verschiedene Menschen aus unterschiedlichen Welten waren.

Der neue Chef der Mordkommission hieß Norbert Michaelis und kam aus Saarbrücken. Er war fünfundvierzig, geschieden und von gemäßigtem Temperament. Fünf Jahre hatte er im Dezernat Ladendiebstähle, Kellereinbrüche, Taschenräubereien bearbeitet und von allem die Nase voll. Er war im Grunde seines Herzens eher ein Genuss- als ein Karrieremensch, doch mit sicherem Instinkt witterte er die Chance im Osten. Er wollte sich dort niederlassen, neu, anders leben. In Saarbrücken hatte er seit der Scheidung nichts mehr zu verlieren. Er bewarb sich um eine Stelle in der Mordkommission, wurde genommen und sofort zum Leiter befördert. Sehr wohl fühlte er sich in der fremden Stadt trotzdem nicht. Er glaubte, die Leute in der Lausitz hätten nicht die richtige Einstellung zum Leben. Sie waren zu prosaisch, taten sich schwer im Umgang mit Genüssen dieser Welt. Nur ein Saarländer, diese gelungene Kreuzung aus französischer Leichtigkeit und deutscher Erdgebundenheit, lebte richtig.

Norbert Michaelis erschien ohne Nervosität am Tatort. Mit der biederen Einfalt, mit der ein leitender Kommissar einen Waldarbeiter befragt, der gerade eine Leiche entdeckt hat, unterhielt er sich mit Kurt. Woher hätte er auch wissen sollen, dass dieser vierundfünfzigjährige Mann schon mehr als einen Mord aufgeklärt hatte.

Er hatte sich nie die Frage gestellt, was aus den Leuten geworden war, die man aus ihren Ämtern entlassen hatte. Er war auch nie auf die Idee gekommen, danach zu fragen, warum man sie gefeuert hatte. Er wusste nur, die Leute waren dürftig ausgebildet, auf Marxismus-Leninismus getrimmt, deshalb unfähig, wenig motiviert zu effektiver Arbeit. Dass er eine Medienmeinung kolportierte, wusste er ebenfalls nicht.

Kurt war unweit der Kriminalisten stehen geblieben, die den Tatort absuchten. Er hörte Michaelis sagen: »Sie ist wahrscheinlich getötet, dann hierher geschleppt worden.« Da konnte Kurt nicht anders, er musste sich einmischen. »Ich glaube«, sagte er, »sie ist hierher geschleppt worden und wurde dann erst mit dem Knüppel erschlagen. Zu diesem Zeitpunkt war sie schon bewusstlos.«

»Ach«, sagte Michaelis, »und woher wollen Sie das wissen?«

»Das Blut aus der Wunde lief rechts und links über das Gesicht.«

Michaelis sah sich die Leiche an, nickte. »Ja, da können Sie recht haben.«

»Und«, sagte Kurt, »sie hat keine Abwehrbewegung mehr machen können.«

»Sie überraschen mich«, sagte Michaelis, während er den Waldarbeiter musterte. »Wir sehen uns dann morgen auf dem Präsidium. Sie müssen das Protokoll unterschreiben.«

Kurt nickte und ging davon.

Noch am gleichen Tag wurde eine Obduktion vorgenommen. Sie ergab als Todesursache einen Würge- und Drosselvorgang. Festgestellt wurden Unterblutungen der vorderen Halsmuskulatur, Unterblutungen im Bereich des Kehlkopfes und des Zungenbeins, es war zu einer Blutstauung im Kopfbereich gekommen.

Der Tod war durch Erwürgen eingetreten.

Ausweispapiere wurde bei dem Mädchen nicht gefunden. Man wusste nicht, wer sie war. Michaelis ordnete an, ein Foto von ihr anzufertigen, es an Zeitungen und das regionale Fernsehen weiterzugeben. Er war sicher, sie würden die Identität der Ermordeten in wenigen Stunden feststellen können.

8

Ulla Binder hatte den ganzen Abend auf Maries Anruf gewartet. Wut über die Unzuverlässigkeit der Tochter wechselte mit Angst, jener nervösen Unruhe, die sie wie eine Krankheit in sich trug. Seit sie ohne Arbeit war, verbrachte sie die Abende damit, auf ein Zeichen der Tochter zu warten. Die war über das strenge Reglement im Allgemeinen eher unglücklich als erbost. Diesmal war es anders gewesen. Marie hatte von sich aus versprochen anzurufen, ihre heile Rückkehr zu melden. Verabredungen dieser Art hatte Marie immer eingehalten.

Aber Ulla wusste auch, dass Marie sich freimachen wollte von der mütterlichen Bevormundung, sie deshalb unter sanften Druck setzte.

Sie hoffte, dass es sich so verhielte. Sie wollte unbedingt daran glauben, dass das Mädchen ohne Schaden nach Haus gekommen war. Vielleicht war ja nur das Telefon kaputt.

Als es auf Mitternacht zuging, hielt sie es nicht mehr aus, verfluchte die Klinik, Horst Windeck, seine Frau, die ganze Welt. Wie konnte sie nur so töricht gewesen sein, in dieses gottverlassene Nest zu gehen. Und sie verfluchte ihre eingeschränkte Handlungsfreiheit, die Unfähigkeit, etwas unternehmen zu können. Dann rief sie, unglücklich darüber, die alte Frau aus ihrem Bett zu holen, Maries Nachbarin an. Es dauerte lange, bis sie an den Apparat kam. Mit zitternder Stimme erzählte Ulla von ihren Befürchtungen. Klein und elend stand sie in der Telefonzelle vor der eisigen, stillen Klinik, als warte sie auf ihr Todesurteil. Sie war einsam, ausgestoßen aus einer Welt, in der nur glückliche Menschen unbekümmert und ohne Ängste lebten. Das Zeitgefühl hatte sie verlassen. Wie lange stand sie da, den Tod im Herzen. Fünf Minuten, fünf Stunden.

Plötzlich überkam sie die Erkenntnis, Marie war zu Hause, natürlich, was sonst. Ihre Sorge war überflüssig. Es war ganz selbstverständlich, dass ihre Tochter zu Hause war, dass sie in ihrem Bett lag und schlief. Etwas anderes konnte es gar nicht geben. Ihrem Kind konnte nichts passieren. Wie hätte das Leben auch sonst weitergehen können, ohne die Tochter. Sie war doch ihr Leben.

Aus der Entfernung von hundert Lichtjahren hörte sie die sanfte Stimme der Nachbarin. Die Tür sei verschlossen, sie habe geklingelt, aber es habe niemand geöffnet. Die Zeitung stecke noch im Kasten, auch brenne kein Licht in der Wohnung. Sie habe sogar nach dem Stromzähler gesehen, sagte die fürsorgliche Frau, aber der stünde still.

Das gibt es nicht, dachte Ulla. Marie friert wie ein Spatz, sie zieht sich nicht einmal den Anorak aus, bevor sie nicht den elektrischen Ofen eingeschaltet hat. In dieser Februarkälte hielt es Marie ohne Heizung nicht aus.

Verstört legte Ulla auf, ging in ihr Zimmer, legte sich angezogen aufs Bett, als müsste sie jederzeit abrufbereit sein. Sie faltete die Hände über der Brust. Tat etwas, woran sie seit Kindertagen nicht mehr gedacht hatte: Sie betete, stellte dem lieben Gott anheim, sie zu bestrafen für ihren verlorenen Glauben, für den Leichtsinn, ohne Gott gelebt zu haben. Sie gelobte, jede Prüfung auf sich zu nehmen, jedes Opfer zu bringen, wenn nur dem Kind nichts passiert war. Erleichtert, als hätte sie eine Hürde genommen, und als hätte sie das Schlimmste nun hinter sich, redete sie in leichtem Ton mit Marie und ihrem Schutzengel, erteilte beiden eine Lektion für ihr ungebührliches Verhalten und die Angst, die sie ausgestanden hatte.

Damit verbrachte sie die Stunden bis zum Morgen, als würde ihre schlaflose Ausdauer mit der Unversehrtheit der Tochter belohnt. Als es hell wurde, schlief sie ein.

Noch vor dem Frühstück ging sie zu Dr. Kupfer, dem behandelnden Arzt. Er war ein Mann von der gleichen Herzlichkeit wie seine Schwester Christa, und Ulla gedachte, diesen weichen Zug seines Herzens auszunutzen.

Der Arzt versuchte nicht, ihr die Angst um die Tochter auszureden, willigte aber ein, dass sie, wenn sie bis Mittag keine Nachricht hätte, nach Haus fahren und nach dem Rechten sehen dürfe. Dieses Verständnis für ihre Sorgen machte sie ein wenig freier. Außerdem versprach Dr. Kupfer den Polizeipräsidenten anzurufen, mit dem er gut bekannt war. Vielleicht erfuhr er, ob sich ein Unfall ereignet hatte, in den das Mädchen verwickelt sein könnte.

Es dauerte nur zwei Stunden, bis die Rückmeldung kam. Der Arzt erfuhr, dass man die Leiche eines Mädchens in einem Wald am Rande der Stadt Lindstadt gefunden habe. Noch sei keine Identifizierung erfolgt, doch die Beschreibung könnte mit den Feststellungen der Mordkommission übereinstimmen. Diese Nachricht erschreckte den Arzt zutiefst. Er wusste nicht, wie er sich verhalten sollte. Konnte er der Frau mitteilen, was er gehört hatte? Oder sollte er sich aus der Affäre ziehen, tun, als wüsste er nichts? Wäre das nicht sehr feige? Was geschah mit der Mutter, wenn sie unvorbereitet die Wahrheit erfuhr?

In seiner Not rief er seine Schwester an. Christa Windeck erstarrte, als der Bruder ihr den Sachverhalt erzählte. Sie wollte helfen, das war selbstverständlich. Eine innere Stimme sagte ihr, es ist nicht Marie, die tot im Wald liegt, es ist ein anderes, bedauernswertes Mädchen, das da ermordet worden war. Aber sie wusste auch, dass ihre innere Stimme eine listige Lügnerin war. Wie oft hatte diese Lügnerin sie schon an der Nase herumgeführt. Sie atmete tief durch. Ihr praktischer Verstand befahl ihr, sich Klarheit zu verschaffen. Sie musste zur Polizei gehen, mit dem Kriminalbeamten sprechen, der den Fall bearbeitete. Aus der Zeit, als sie die Hundestaffel der Polizei und der Gesellschaft für Sport und Technik betreute, kannte sie den hierarchischen Aufbau der Polizei, glaubte sich in der Mentalität von Polizisten auszukennen. Sie war sicher, ein Stück weiterzukommen, und machte sich sofort auf den Weg. Um 17 Uhr würde Ulla Binder in Lindstadt ankommen, da wollte sie am Bahnhof sein.

Sie nahm es der Sekretärin im Vorzimmer nicht übel, dass man sie nicht vorlassen wollte. Sie gab der Frau ihre Visitenkarte, sagte, sie habe eine Aussage zum Leichenfund im Revier Hohenblick zu machen. Zwei Minuten später saß sie Norbert Michaelis gegenüber. Sie wusste sofort, dass sie mit ihm auskommen würde. Er schien keiner von denen zu sein, die sich auf ihrem Thron mit einem Heiligenschein umgeben.

Zunächst zeigte er alles Misstrauen, zu dem er fähig war. Es kam ihm doch höchst sonderbar vor, dass jemand von dem Leichenfund etwas wissen konnte. Noch war die Zeitungsmeldung nicht erschienen. Er drehte ihre Karte zwischen den Fingern, las mit leicht überdrüssiger Miene ihren Namen, den Titel. »Sie sind Ärztin?«

»Tierärztin, zur Zeit nicht mehr im Dienst. Ich fange jetzt herrenlose Katzen und lahme Hunde ein«, sagte sie sanft, als müsste sie die Leute, durch die sie arbeitslos geworden war, in Schutz nehmen. Er ging nicht auf das Thema ein, es war ihm lästig. Stets überkam ihn ein ungenaues Schuldgefühl, wenn von Arbeitslosen die Rede war, als hätte er die Einheit samt ihren Folgen zu verantworten.

»Sie wollen eine Aussage machen?«

»Sie haben doch sicher ein Foto der Toten, wenn Sie es mir zeigen, kann ich ihnen vielleicht sagen, wer sie ist.«

Michaelis griff die Akte, gab ihr das Foto.

Christa Windeck wurde blass, schluckte, Tränen traten ihr in die Augen. »Es ist Marie Binder, wohnhaft hier in Lindstadt, dreiundzwanzig Jahre alt, studiert Germanistik an der Humboldt Universität in Berlin.« Dann erzählte sie dem Beamten alles, was sie von Marie und ihrer Mutter wusste, wie sie lebten, wer sie waren, warum Frau Dr. Binder in der Klinik in Bad Werda behandelt wurde, und dass die Tochter sie dort besucht hatte.

Michaelis war der Frau dankbar. Er versprach sich Hilfe von ihr, wenn er zu der Mutter des Mädchens würde gehen müssen.

Während sie noch redeten, löste sich die verkrampfte Spannung, kam ein anderer Ton auf. Da meldete die Sekretärin einen Mann, einen gewissen Kurt Wolf. Er sei jener Waldarbeiter, der die Leiche gefunden hatte. »Kurt Wolf«, sagte Christa Windeck, die den ehemaligen Leiter der Mordkommission kannte, »wissen Sie, wer das ist?«

»Ein Waldarbeiter«, sagte Michaelis.

Christa lachte grimmig. »Jetzt vielleicht, bis zur Wende saß er hier, auf diesem Stuhl. Es ist ihr Vorgänger.«

9

Attila Kunze war am Morgen später als sonst wachgeworden. Die Ereignisse des vergangenen Tages hielt er für unwahrscheinlich. Es muss ein Traum gewesen sein, sagte er sich, kein angenehmer, aber immerhin doch nur ein Traum. Er wäre doch gar nicht in der Lage, einen Menschen zu töten. Suggestive Phantasiegebilde, nichts weiter. Er hatte gut geschlafen, fühlte sich wohl, fand, dass sich alles in seinem Leben positiv entwickelte. Wie konnte er sich, erfolgreich wie er war, mit dem Gedanken an einen Mord abgeben! Das Leben hatte es gut mit ihm gemeint. Konnte das alles vorbei sein?

Das Bett neben ihm war leer. Steffi war früh aufgestanden, hatte die Kinder versorgt, sie zur Schule gebracht. Eine tüchtige Frau, die er sich da ausgesucht hatte, zwei begabte Kinder, die ihm äußerlich ähnelten, was ihn mit nicht geringem Stolz erfüllte.

Er zog die Gardine zurück. Der Februarhimmel hing tief und grau vor dem Fenster. Er dachte an den vergangenen Abend, ein lästiges, ungutes Gefühl stellte sich ein. Hatte er die Runde ungebührlich behandelt? Wo war sein Charme geblieben, den er sonst entwickeln konnte? Die drei waren schnell zu versöhnen. Sandra vor allem. Sie nahm ihm keine Unart übel. Plötzlich wurde ihm bewusst, dass er ihr ein Rendezvous versprochen hatte. Um drei wollten sie sich in der Nähe von Hohenblick treffen.

Sie würde in seinen Wagen umsteigen und ihren Platz einnehmen.

Es traf ihn wie einen Schlag; er konnte da nicht mehr hin. Nie wieder würde er dahin fahren. Da war das Bild: das Mädchen, aus Mund und Nase blutend, die zerschlagene Brille, die aufgerissenen Augen. Er hatte sie getötet. Attila Kunze warf sich aufs Bett. Grenzenlose Wut überkam ihn, dieses dumme, kleine, nichtssagende Mädchen war schuld an allem.

Wie sorglos, heiter war sein Leben gewesen. Es wäre so weitergegangen, wenn dieses Mädchen nicht aufgetaucht wäre. Er wollte nichts von ihr. Er besaß alles, was ein Mann brauchte. Er hatte eine Frau, etwas spröde zwar, und eine Freundin, die in ihrer sexuellen Beflissenheit nur wenig Wünsche offenließ. Und nun das. Aber warum sollten sie ihn kriegen? Gesehen hatte ihn niemand, der Wald war wie ausgestorben. Kein Auto, kein Radfahrer, kein Fußgänger war ihm begegnet. Und er hatte ein Alibi. Ihm sollte das erst mal einer nachweisen, wie lange er von Erfurt bis Lindstadt unterwegs war.

Wer weiß, wann sie die Tote fanden. Um diese Jahreszeit ging niemand in den Wald. Es würde Monate dauern, dann war die Leiche verwest, unkenntlich, alle Merkmale verloschen.

Hatte er Spuren hinterlassen? Taschentuch, Zigarettenkippe, Handschuhe, Schal, alles konnte ihm zum Verhängnis werden. Er hatte nichts verloren. Nein, sie würden nie auf ihn kommen.

Langsam wurde er wieder ruhig. Kein Grund zur Aufregung. Es war ihm eine Lehre. Nie wieder wollte er sich eine ins Auto laden. Jedenfalls nicht so eine. Er dachte an die Mädchen, die er mitgenommen hatte, nette freundliche, entgegenkommende Mädchen. Mit Silke hatte er sich sogar ein paar Mal noch getroffen. Von heute an kam keine mehr in sein Auto. Damit war es vorbei.

Er stand auf, befreit, gerechtfertigt. Steffi saß beim Frühstück. »Ich wollte dich nicht wecken«, sagte sie, »du hast so fest geschlafen.« Er küsste sie aufs Ohr, streichelte mit ungewohnter Andacht übers Haar. »Du bist sehr lieb«, erwiderte er. »Gibt es was Neues?«

Sie goss Kaffee in seine Tasse. »Was soll es hier schon Neues geben.«

Albert Prinz kam von einer Tour zurück. Er hatte Möbel von Leipzig nach Brandenburg gebracht. Nun saß er im Wohnzimmer, hungrig, ungeduldig, es dauerte ihm zu lange, bis seine Frau das Essen fertig hatte. Er griff zur Zeitung, blätterte sie lustlos durch. Plötzlich stutzte er. Dieses Gesicht kannte er doch! Nein, eine Ähnlichkeit, nichts weiter. Er setzte die Brille auf, holte schließlich die Lupe aus dem Schreibtisch. Dann war ihm, als schlüge ihm jemand ins Gesicht. Das war die Kleine, die er mitgenommen hatte! Wie hieß sie doch gleich, Marie, ja, Marie. Man hatte sie ermordet, aber warum? Wer brachte so etwas fertig, dieses kleine, nette Mädchen.

Seine Frau kam mit dem Essen. Ihm war der Appetit vergangen. Er stand auf, wollte zum Telefon, jene Nummer anrufen, die in der Zeitung angegeben war. Die Frau hielt ihn zurück. Sie wollte nicht, dass er etwas überstürzte. Also erzählte er ihr den Vorgang, so wie er sich abgespielt hatte. Sie verzog ängstlich das Gesicht. »Vielleicht halten sie dich für den Mörder.«

Er winkte ärgerlich ab. Vierzig Jahre waren sie nun schon verheiratet, und noch immer wusste sie nicht, was er dachte und wie er dachte.

»Das Mädel hat mir das Leben gerettet. Wenn ich nicht gepennt hätte, wäre ihr das nicht passiert. Mach was du willst, ich muss helfen, das Schwein zu fassen.«

Wenige Minuten später hatte er Norbert Michaelis am Apparat. Er konnte dem Kriminalisten erzählen, was er wusste, woran er sich noch erinnerte. »Es war ein Alfa Romeo«, sagte Prinz, »das weiß ich genau.«

»Und die Farbe?«, fragte Michaelis.

»Rot. Allerdings geh ich davon aus, dass sie auch wirklich in den Wagen gestiegen ist, der vor meinem stand.«

»An die Nummer können Sie sich nicht erinnern?«

»Nein.«

»Ausländer vielleicht?«

»Das wäre mir aufgefallen. Es war einer aus der Gegend.«

»Den Zettel, den sie Ihnen geschrieben hat, haben Sie ihn noch?«

»Natürlich nicht. Bevor ich startete, warf ich ihn aus dem Fenster.«

»Sie würden die Stelle wiederfinden?«

Prinz nickte. »Na klar.«

Gundula Prinz stand neben dem Telefon, verfolgte das Gespräch mit sorgenvoller Miene. Als Albert Prinz auflegte, holte er tief Luft, legte die Hand auf den Magen, als kehrten seine Lebensgeister zurück. »Das war ich dem Mädel schuldig.« Die Frau nickte.

Die Angaben des Transportunternehmers Prinz über den Alfa Romeo deckten sich mit den Spuren, die man am Tatort gefunden hatte. Die Spurbreite des Wagens konnte von einem Alfa sein. Nach der Zeugenaussage wollte man weiter davon ausgehen, dass es sich um einen roten Wagen handelte. In Lindstadt waren 625 Wagen dieses Typs angemeldet.

»Jetzt muss Kommissar Zufall helfen«, sagte Michaelis zu seinen Mitarbeitern, »wir suchen die berühmte Stecknadel im Heuhaufen.« Als er diese Banalität von sich gab, glaubte er noch, er werde den Fall kurz und schmerzlos lösen. Woher er diesen Optimismus nahm, wusste er selbst nicht. Er war auch nicht bereit, sich darüber Gedanken zu machen.

10

Immer wieder nahm Ulla Binder das Foto in die Hand, das Marie im dünnen Schnee, zwischen Tannengrün im Unterholz liegend zeigte. Sie weinte leise vor sich hin, ohne zu schluchzen. Sie weinte sich in die Ewigkeit. Seit Maries Ermordung war ihr Leben stehen geblieben. Für sie hatte eine neue Zeitrechnung begonnen. Stundenlang saß sie da, die Augen geschlossen, schweigend, als wollte sie nie wieder den Mund aufmachen. Sie sah die Welt und sah sie nicht, hörte die Leute und hörte sie nicht. Sie aß und trank mit Akkuratesse, als gälte es, einen Fahrplan einzuhalten. Ihr Schlaf war leer. Am Morgen wachte sie auf, verwundert, dass es einen neuen Tag gab.

Sie lebte nicht, sie funktionierte, war wie eine Maschine, die ohne Antrieb lief.

Wie ein Geist ging sie lautlos durch die Wohnung, sammelte ein, was Marie gehört hatte, ihren Abdruck, ihren Geruch, ihre Spuren trug. Die kurze braune Lederjacke mit den hundert Reißverschlüssen, die Zweitbrille, den Kalender, ihr Notizbüchlein. Sie entfernte Seiflappen und Handtücher, Creme und Zahnbürste aus dem Bad, warf Stiefel und Hausschuh in einen Karton, entfernte die Jugendweihefotos von ihrem Schreibtisch, bestellte die »Junge Welt« ab, brachte die Bücher in die Leihbibliothek zurück.

Der Kamm und die Milchtasse, die kaputte Armbanduhr und das Plakat im Korridor, das sie aus Paris mitgebracht hatte. Es zeigte die Seine und Notre-Dame. Alles, was sie an die Tochter erinnerte, schaffte sie in Maries Zimmer, warf es aufs Bett oder auf den Fußboden, stopfte es chaotisch in den Schrank. Zog die Gardinen zu, warf ein schwarzes Tuch über den Spiegel, verschloss das Zimmer. Dachte nicht darüber nach, wann sie je die Kraft haben würde, es wieder zu betreten.

Doch jeden Tag entdeckte sie neue Gegenstände, die Marie gehörten, mit ihr zu tun hatten. Ulla Binder war unerbittlich, alles brachte sie weg. Sie wollte sich über diese Verzweiflungstaten, diesen Leerlauf der Seele keine Rechenschaft abgeben. Sie hätte es niemandem erklären können, was sie da machte und warum sie es machte.

Sie dachte oft darüber nach, warum Marie sterben musste, obwohl sie so sehr am Leben gehangen hatte, sie aber lebte, obwohl ihr nichts mehr am Leben lag. Nur der Urtrieb des Menschen, der hinter die Dinge kommen will, die Rätsel zu lösen, die einem das Schicksal aufgab, hielt sie aufrecht. Sie wollte wissen, wer die Tochter getötet hatte, wollte ihn sehen, fragen, warum er es tun konnte.

Wer war der Mann, was dachte er, wie lebte er. Hatte sich sein Leben verändert? Ist er wahnsinnig geworden, hat er sich aufgehängt? Oder kann er schlafen, essen, trinken, anderen Menschen in die Augen sehen? Schrumpft seine Seele, oder lebte er weiter wie bisher. Sie wollte alles wissen, alles, was mit dem Tod der Tochter zusammenhing.

Nur ein einziger Mensch konnte ihr helfen, das Defizit auszugleichen: Norbert Michaelis. Sie war zu ihm gegangen, noch bevor er bei ihr aufgetaucht war. Sie machte alle Angaben, die ihm nützlich sein konnten, und sie machte kein Hehl daraus, dass sie von ihm alle Informationen erwartete, die er geben konnte. So wurde die Frau zum ständigen, fast täglichen, mitunter lästigen Besucher in der Abteilung. Michaelis ertrug sie mit hilflosem Gleichmut. Wenn sie nicht kam, wartete er mit verstohlener Unruhe auf sie. Er machte sich vor, dass er sie nur deshalb ertrug, weil sie nicht hysterisch wurde, nicht ungeduldig, und weil sie nicht weinte. Er registrierte verwundert das fast wissenschaftliche Interesse der Frau, die sich weniger emotional, eher analytisch mit den Vorkommnissen auseinandersetzte, als gälte es, einem Phänomen auf die Spur zu kommen. Nach und nach gab er ihr den Obduktionsbericht, den Tatortbefundsbericht, den Bericht der Spurensuche. Erklärte ihr die Legende, die er zum möglichen Hergang der Tat aufgestellt hatte.

Penibel korrigierte sie alle Abweichungen im grammatikalischen Bau der Berichte, die in der Möglichkeitsform abgefasst waren. Es war nicht germanistische Besserwisserei, es war, als würde sie mit der konsequenten Anwendung des Konjunktivs etwas am wirklichen Tathergang ändern können, der Wahrheit so näher kommen.

Bald gewöhnte sich Michaelis an die Frau, die oft stundenlang auf ihn wartete, und dann doch nur erfuhr, dass es nichts Neues gab. Er sagte ihr, dass sie ungefähr 350 Autos überprüfen mussten. Weil sich herausgestellt habe, dass das Auto einer bestimmten Marke eine gewisse Bedeutung im Fall habe. Weitergekommen, im Sinne einer konkreten Spur, sei man noch nicht. Ulla ließ sich von den vagen, fast schemenhaften Ergebnissen nicht beeindrucken. Die Aufhellung der Tat war Inhalt ihres Lebens geworden. Zeit spielte dabei eine kränkend geringe Rolle. Zeit war ein physikalischer Begriff, nichts weiter. Sie hatte ja nichts zu verlieren, sie hatte schon alles verloren. Es kam auf nichts mehr an.

»Wie machen Sie das«, fragte sie, »350 Autos überprüfen, wie geht man da vor?«

Die Sachlichkeit der Frau warf Michaelis um. So fragt eine Reporterin, keine Beteiligte. »Wir haben eine Liste, auf der sind die Namen aller Besitzer der bewussten Automarke verzeichnet. Nun laufen wir von Tür zur Tür, überprüfen das Fahrzeug, das Alibi des Besitzers, na ja, so ungefähr.«

Der Kommissar schwankte jedes Mal, er wusste nicht, was er der Frau verraten konnte. Was passierte, wenn sie, seine Information nutzend, sich selbst auf die Suche nach dem Täter machte? Also verschwieg er ihr auch, dass sie auf dem Parkplatz bei der Autobahn an der Stelle, die Albert Prinz ihm beschrieben hatte, Maries Zettelchen gefunden hatten.

Es war vom Schnee aufgeweicht, die Schrift breit auseinandergelaufen. Im Labor der Kriminaltechnik wurde er wieder lesbar gemacht. Er fürchtete, sie würde das Stück Papier besitzen, es als ein Andenken an das Mädchen aufbewahren wollen. Es waren ihre letzten Zeilen. Er durfte es ihr nicht geben, es war ein wichtiges Beweisstück. Es hätte ihm wehgetan, der Frau diese Bitte abzuschlagen. Dieser Frau, die vom Himmel durch die Welt zur Hölle ging. Sie wäre in Tränen ausgebrochen, das hätte er nicht ertragen können. Er ahnte ja nicht, dass sie allem aus dem Wege ging, was sie an die Tochter erinnerte.

Am vierten Tag nach Maries Ermordung waren die drei Schwestern eingetroffen. Ulla hatte sie nicht angerufen, ihnen nur geschrieben, sie benachrichtigt.

Maries Tod war keine Sache, über die man in einen kalten Hörer redete. Darüber waren die Schwestern verstimmt, fühlten sich unangemessen behandelt, wagten jedoch nicht, es laut auszusprechen. Sie hatten sich verabredet, waren gemeinsam gekommen, glaubten, gemeinsam ließe sich die Last leichter tragen. Ihnen fehlten alle Worte, sie wussten nicht, was sie sagen sollten. Jeder Trost artete in grenzenlose Banalitäten aus. Worüber sollte man in so einer Situation reden. Der vertraute Mensch wird zum Fremden. Die Lage ist unübersichtlich, ein Gang über brüchiges Eis. Sie konnten aber auch nicht über ihre Welt reden, die Dinge ihres Lebens, den Umsatz im Juweliergeschäft von Annette, die Patienten in Gerdas Zahnarztpraxis, der gewonnene Prozess von Berta.

Sie wagten es nicht einmal, die Schwester zu fragen, wie es ihr ginge. Berta war die Älteste, geschieden, vierundfünfzig, Anwältin in Magdeburg. Gerda, die Zahnärztin, war verheiratet, wohnte in Köpenick, Annette übte ihren Beruf als Goldschmiedin nicht mehr aus. Sie hatte ihren Chef, der auch ihr Lehrmeister gewesen war, geheiratet, hatte zwei Kinder, lebte in Zeuthen. Sie besaßen eine Villa aus der Gründerzeit.

Ulla spürte, dass sich unmerklich eine Allianz der Schwestern bildete, eine Allianz der Erfolgreichen, Glücklichen, Vermögenden. Diese Allianz war nicht gegen sie gerichtet, schloss sie aber automatisch aus.

Nach Marie, den Umständen ihres Todes zu fragen, trauten sich die Schwestern nicht. Sie trauerten tief, trugen schwer am Schicksal der Schwester, nur spürten sie, da war eine Grenze, die sie nicht überschreiten durften. Sie hielten sich, mit einer gerade noch vertretbaren Intensität, am Gespräch über die Vorbereitung zu Maries Beerdigung fest. Ulla folgte dem Gespräch mit fast aufsässiger Teilnahmslosigkeit.

Berta, Gerda und Annette saßen nebeneinander auf der Couch, Ulla im Sessel. Berta saß neben ihr, griff ihre Hand, drückte sie, führte sie stumm an die Wange. Tränen liefen der harten Frau über das Gesicht.

Ullas Hand wurde nass, sie zog sie zurück. »Ich weine auch nicht«, sagte sie ruhig. Die Schwestern nahmen Ullas Haltung beunruhigt auf. So verhielt sich nur ein Mensch, der mit dem Leben abgeschlossen hatte. Das durfte nicht geschehen. Sie mussten verhindern, dass sie sich etwas antat.

Sie hätten alles für sie getan, wenn sie nur gewusst hätten, was sie tun konnten. Sie fühlten sich in ihrem Wohlstand, ihrem ausgefüllten Leben, ihren friedlichen Familien der Schwester überlegen.

Diese Überlegenheit projizierte eine Art Schuld in ihr

Bewusstsein. Oder war es Angst? Konnte das Unheil nicht auch über sie kommen?

»Was wirst du jetzt machen?«, fragte Berta.

»Weiterleben«, antwortete Ulla.

»Willst du nicht zu mir kommen?«

»Vielleicht«, erwiderte sie, »zuerst aber muss ich hier noch etwas erledigen.«

»Wir möchten etwas für dich tun«, sagte Annette und heulte.

»Wir tun alles für dich«, ergänzte Gerda.

»Ich weiß«, sagte Ulla voller Würde.

Die Schwestern atmeten auf. Als sie sich von ihr verabschiedeten, lagen sie sich lange in den Armen.

11

Das Haus der Kunzes hatte fünfunddreißig Fenster und Steffi Kunze den Ehrgeiz, alle sauber zu halten. Für Sandra eine Gelegenheit, ins Haus zu kommen, nicht nur aus Hilfsbereitschaft Steffi gegenüber, sondern auch, um Attila zu sehen. Einmal im Monat putzte sie mit ernsthafter Ungeduld alles, was aus Glas war. Ihre fröhliche Hemmungslosigkeit steckte Steffi schließlich an. Seit jenem Rommé-Abend waren ihr erste, zaghafte Zweifel gekommen. Sie fühlte sich unsicher in Sandras Gegenwart. Dann schmolzen ihre Bedenken. Sandra konnte sich nicht so verstellen, könnte nicht so unbekümmert sein, wenn sie ein Verhältnis mit Attila hätte. Das traute ihr Steffi einfach nicht zu.

Als alle Fenster und alle Spiegel blitzblank waren, setzten sich die Frauen zum Kaffee. Sandra klagte sich einen Likör ein. Sie redeten miteinander. Steffi tat es gut. An diesem Nachmittag sprachen sie über die Tote im Revier Hohenblick. Steffi entsetzte sich, sie hatte nichts davon gehört. »Hohenblick, das ist doch höchstens eine knappe Stunde von hier entfernt«, sagte sie. »Wie kommt es, dass ich nichts erfahren habe.«

»Liest du denn keine Zeitung? Da war ein Bild von dem Mädchen.« Sandra war verwundert, denn alle Welt sprach von diesem Mord. Sie stand auf, holte die Tasche, gab Steffi die Zeitung. Die sah sich das Foto lange an.

»Mein Gott, so ein junges Mädchen. Sie sieht so zierlich aus, so unschuldig. Wann ist denn das passiert?«

»Deine Welt hört am Gartentor auf, was? Du bist wohl die Einzige hier, die es nicht weiß.«

»Dass mir das entgangen ist, versteh ich nicht. Ich lese doch jeden Tag die Zeitung.« Steffi konnte sich nicht abwenden von dem Foto. Sie dachte, wenn das meine Tochter wäre, würde ich verrückt.

»Wie kann eine Mutter so etwas ertragen? Es muss entsetzlich sein.« Sie starrte noch immer auf das Bild. Plötzlich hatte sie Tränen in den Augen, verlegen wischte sie sie weg.

»Den Kerl«, sagte Sandra, »müsste man gleich …« Sie machte eine entsprechende Bewegung zum Hals hin.

Unbemerkt von den Frauen war Attila ins Zimmer gekommen. »Was ist los mit euch, übt ihr Grabreden? Ich habe euch schon fröhlicher gesehen.«

Sandra sah ihn an, ihr Gesicht leuchtete auf. Steffi hatte den Blickwechsel der beiden gesehen. Als hätte sie einen Kloß im Hals, sagte sie verwirrt. »Wir haben über das tote Mädchen gesprochen, ich stellte mir vor …« Sie sprach nicht weiter.

»Was hast du dir vorgestellt?«, fragte Attila scharf. Steffi kam sich plötzlich rührselig vor. »Ach nichts.«

Sandra stand auf. »Gut, dass du da bist, du könntest mich nach Hause fahren. Ich habe fast eine halbe Flasche Zitronenlikör intus.«

Steffi dachte, wie sie schwindelt, sie hat gerade drei Fingerhut voll getrunken.

Attila tat geschäftig. »Also los, dann komm, ich habe noch zu tun.«

Steffi blieb allein zurück. Sie räumte das Geschirr in die Küche. Das sonderbare Gefühl stellte sich wieder ein, das sie dann hatte, wenn sie Sandra und Attila allein wusste. Dieses Misstrauen war nie gleich stark, es schwankte. Bisweilen schalt sie sich albern und hausbacken. Dann wieder war sie sicher, dass zwischen den beiden etwas war. Beweisen konnte sie es ihnen nicht. Sollte sie sagen, ihr habt euch so komisch angesehen? Es waren Vermutungen, verletzte Gefühle. Nie würde sie ihrem Mann etwas beweisen können, dazu war er viel zu raffiniert.

Dann dachte sie, dass er sich in den letzten Tagen sehr verändert hatte, er war liebevoller, aufmerksamer. Hing das mit seinem geschäftlichen Erfolg zusammen?

Oder war da etwas anderes, wovon sie keine Ahnung hatte?

Einem Impuls folgend, durchsuchte sie seinen Aktenkoffer, fand außer einem Notizblock, Geschäftsunterlagen nur noch ein paar Zeitungen. Ausgaben mit den Fotos des Mädchens. In einer Ausgabe stand etwas über die Identität des Mädchens, in einer anderen ein Bericht über den Stand der Ermittlungen. Und ein Aufruf der Polizei mit der Bitte um zweckdienliche Hinweise. Weshalb trug Attila die Zeitungen bei sich, wollte er nicht, dass sie das las? Sorgte er sich vielleicht um sie? Sie fand es rührend, eine Welle von Zärtlichkeit überkam sie. Sie liebte ihn wie am ersten Tag.

Aber Morde passierten doch immer wieder. Und sie

war kein Kind mehr, vor dem man die schmutzige Seite des Lebens verstecken musste.

Es war ihr nicht aufgefallen, dass er die Zeitung ins Haus geholt hatte. Das war ihre Sache, morgens, wenn sie die Kinder in die Schule brachte. Wollte er sie nicht belasten?

Vor ein paar Tagen erst hatte er sie ohne Anlass in den Arm genommen und gefragt »Was ist mit dir? Bedrückt dich etwas?«

»Nein, nichts«, hatte sie gesagt, »mich beschleicht nur der Gedanke, dass unser Glück nicht ewig halten könnte, dass irgendwo ein Unglück lauert.«

Er hatte gelacht, sie abergläubisch genannt und ihre Vorstellung vom Glück mittelalterlich. Sie hatte eigensinnig den Kopf geschüttelt. »Immer, wenn man sich sicher fühlt, setzt ein Sturm ein.«

Steffi faltete die Zeitungen zusammen, legte sie in die Tasche zurück und verschloss sie. Sie würde darüber kein Wort zu ihm sagen.

Sandra war ins Auto gestiegen. Solange sie Steffi am Fenster wähnte, gab sie sich freundlich gelangweilt. Als sie wusste, dass Steffi sie nicht mehr sehen konnte, sagte sie ungewöhnlich heftig. »Wo warst du am Donnerstag? Ich habe eine Stunde auf dich gewartet, meinst du, es macht Spaß, im kalten Wald zu stehen?«

»Du bist ein bisschen naiv«, sagte er, »weißt du nicht, dass man dort die Leiche gefunden hat?«

»Na und«, fragte sie zurück, »was geht uns das an? Wir haben mit der Sache doch nichts zu tun.«

»Möchtest du, dass die Polizei uns fragt, was wir da machen, vielleicht unsere Personalien registriert?«

»Quatsch, da war kein Mensch. Glaubst du, die warten dort, bis der Mörder zurückkommt? Das passiert doch nur im Kino.«

»Reg dich ab, Mäuschen. Ich mache alles wieder gut.«

»Und wie willst du das anfangen?« Ihre Augen bekamen einen schimmernden Glanz.

Er grinste. »Die Art und Weise ist uns doch vertraut, oder?«

»Ach ja, lass uns ein paar Tage verreisen.«

»Vielleicht«, sagte er. »Ich muss nächste Woche nach Schwedt. Da kommst du einfach mit. Wir nehmen uns ein Zimmer und bleiben die Nacht dort.«

»Wie romantisch, wir fahren nicht nach Venedig, nicht nach Wien, nicht einmal nach Oberhof, sondern nach Schwedt. Du machst mich wirklich unendlich glücklich.«

»Willst du«, sagte er, »dass Steffi dahinterkommt.«

»Na und?«, fragte sie aufsässig.

»Und dein Henry? Das wäre ein schöner Skandal.«

»Ach der!« Sie winkte ab. Da wusste er, dass sie nicht abgeneigt wäre, es zum großen Krach kommen zu lassen.

Sie wollte Tatsachen schaffen, wer weiß, vielleicht spielt sie gar mit dem Gedanken, meine Frau zu werden. Nein, mein Mäuschen, daraus wird nichts. Steffi gehörten das Haus, die Werkstatt, die Geräte. Ich bin doch kein Idiot, fang vielleicht von vorn an. Wofür? Gerade bin ich mit einem blauen Auge davongekommen.

Ich werde doch jetzt nicht alles aufs Spiel setzen! Die Sache mit dem Mädchen liegt mir verdammt im Magen, obwohl ich sicher bin, dass niemand etwas ahnt. Auf mich fällt kein Verdacht, da kann ich sicher sein.

In der Zeitung stand, dass man die Sachen der Toten sucht, ihren kleinen ledernen Rucksack mit der silberfarbenen Schnalle, den roten Anorak mit Reißverschluss und Kapuze. Alles war genau beschrieben. Das war's, mehr hatten sie nicht.

Ein Gefühl von Überlegenheit und auch Genugtuung überkam ihn. Leute, dachte er, die Sachen sind verschwunden. Aus und vorbei.

Da könnt ihr die Bevölkerung noch so flehentlich um Hilfe bitten, ihr werdet nichts finden. Ich habe die Nerven behalten, dachte er selbstbewusst. Alle Beweise sind in Rauch aufgegangen.

Die Teile, die nicht verbrannten, sind auf der Müllhalde gelandet. Ich selbst, höchstpersönlich, habe den Abtransport der Aschekübel überwacht. Mit jedem Tag, der ins Land geht, kann ich sicher sein, dass nichts folgen wird. Befürchtungen, entdeckt zu werden, sind überflüssig. Welche Spur sollte auch zu mir führen. Das Schlimmste ist vorüber, ich brauche mir keine Sorgen mehr zu machen.

»Können wir nicht woanders hinfahren. Schwedt, dieses Nest.«

»Was hast du gegen Schwedt?«, fragte er. »Ist es nicht egal, wo unsere Hütte steht?« Seine mildtätige Galanterie versöhnte sie.

»Du hast recht, mein Schatz, trotzdem möchte ich mal

richtig ausgehen, tanzen, trinken, flirten. Nicht immer diese Heimlichkeiten.«

»Ich glaub gar, du möchtest Frau Kunze werden?«

»Genau darauf arbeite ich hin«, sagte sie mit beängstigender Offenheit.

12

Norbert Michaelis schlief schlecht. Am Abend fiel er in einen verheißungsvoll tiefen Schlaf, aus dem er nach wenigen Stunden schweißgebadet erwachte, bis er erneut zur trügerischen Ruhe fand.

Die kurzen Schlafphasen waren hinterhältig mit wilden, waghalsigen Träumen durchsetzt, in denen er immer Verlierer irgendwelcher, an den Haaren herbeigezogener Kämpfe war.

Die Träume verärgerten ihn. Diese Art Psychoterror kannte er aus der Zeit seiner Ehescheidung, als Helga ihm mitteilte, dass sie ihn verlassen würde. Das lag lange zurück. Der Schmerz war überwunden. Aber warum schlief er jetzt so miserabel? Was war der Grund für den Verlust seiner seelischen Elastizität? Er horchte neugierig in sich hinein. War es die Einsamkeit seiner Nächte, die Einsamkeit überhaupt? Er hatte niemanden gefunden, mit dem er mehr als Zweckdienlichkeiten besprechen konnte. Seine West-Kollegen arbeiteten die Woche über wie besessen, am Freitag verschwanden sie in Richtung Heimat. Er konnte sich nicht ins Auto setzen und zur Familie fahren, er hatte ja keine. Der Kontakt zu den Leuten am Ort wollte ihm nicht gelingen. Sie wiesen ihm übelnehmerisch manche Schuld für private oder gesellschaftliche Schwierigkeiten zu. Und sie waren spröde und ungelenk im Umgang mit Fremden.

Die Mutter des ermordeten Mädchens, diese Ulla

Binder, diese ruhige, dunkle Schönheit, gefiel ihm. Zu ihr fühlte er sich auf rätselhafte Weise hingezogen. Von ihr ging etwas wie seelische Sicherheit aus. Doch jede sonst wie geartete Verbindung verbot sich naturgemäß von selbst. Über diese Gedankengänge kam er, beiläufig fast, auf die Ursache seiner Schlafmisere. Es war der Fall Marie Binder. Er bereitete ihm mehr Probleme, als er gedacht hatte. Hatte er sich etwas vorzuwerfen? Zehn Tage waren seit dem Leichenfund vergangen, er war keinen Schritt weitergekommen. Die Autospur war der einzige Anhaltspunkt. Über die Hälfte der Alfa-Romeo Besitzer waren überprüft, gründlich überprüft, das konnte er mit Bestimmtheit sagen. Nirgendwo hatte sich ein Verdacht ergeben. War er auf der falschen Fährte?

Solche Situationen war er gewöhnt. Das war immer so am Anfang einer Ermittlung. Oder war da noch etwas anderes?

Als er sich teils mühevoll, teils widerwillig durch das Gestrüpp seiner Empfindungen hindurchgekämpft hatte, gestand er sich eine schlichte Wahrheit ein. Es war dieser ominöse Waldarbeiter, sein Vorgänger. Und die Befürchtung, dass jener sich über ihn lustig machte. Er hatte die Leiche gefunden. Er hatte die Autospur entdeckt, sie eigensinnig bewacht. Er hatte ihn darüber belehrt – wenn auch nicht im belehrenden Ton –, warum der Fundort nicht der Tatort sein konnte. Er hatte den Knüppel sichergestellt, mit dem das Mädchen getötet worden war.

Ein unheimlicher Typ. Dieser Mann schien ihn genau

zu kennen, seine Schwäche, seine Hilflosigkeit. Lauerte er nicht irgendwo in einer Ecke und genoss die Schadenfreude wie eine seelische Erbauung? Er hatte jetzt einen Anlass, sich zwar wirkungslos, aber intensiv für seine Vertreibung zu rächen. Er spürte die Häme des Waldarbeiters wie einen körperlichen Schmerz. Der schafft es nie, der Kerl aus Saarbrücken, mochte er denken, der tappt wie ein blinder Wolf durch die Botanik.

Er kennt das Land nicht, die Leute, ihre Art zu denken, ihre Lebensweise, ihre Logik. Mal sehen, was er zustande bringt. Und das war es, was Michaelis auf die Palme trieb.

Dann kam ihm der Gedanke, dass er sich mit dem Mann vielleicht an einen Tisch setzen sollte. Er hatte bis jetzt noch nichts davon gehört, dass einer aus dem Westen, der jetzt im Chefsessel saß, seinen Vorgänger zu Rate gezogen hatte. Warum eigentlich nicht?

Michaelis wusste, dass es eine Verbindung zwischen den Nerven und dem Immunsystem gibt. Wollte er seine innere Ruhe, seine vielgerühmte Gelassenheit wiederhaben, musste er etwas unternehmen. In einem Anfall erlösender Erkenntnisfreude ging er so weit, zu glauben, dass das Zusammentreffen mit Kurt Wolf, das wie ein Zufall aussah, nur ein sanfter Wink des Schicksals gewesen sein konnte.

Als er am nächsten Morgen ins Büro kam, rief er die Sekretärin, Erika Heinze, zu sich. Er hatte ihr bisher keine Beachtung geschenkt, sie einfach akzeptiert, als handelte es sich um einen Aktenschrank, an dem ohnehin nichts zu verändern war, es sei denn, man tauschte ihn gegen einen neuen aus.

Erika Heinze setzte sich auf den äußersten Rand des Stuhles, brachte Block und Bleistift in Anschlag und sah ihren Chef ergeben an. Er schien verlegen, was sie belustigte. Er räusperte sich. »Wie lange sind Sie in der Mordkommission?«

Sie dachte nach. »Ungefähr fünfzehn Jahre.«

»Dann kennen Sie ja Herrn Wolf.«

»Na und ob«, sagte Frau Heinze.

»Was ist er für ein Mensch?«

Sie verzog den Mund zu einem Lächeln, als lächele sie einer Legende hinterher. »Ein schrecklicher Kerl, er hat uns geschunden, bis ein Fall abgeschlossen war. Feierabend galt bei ihm als Fremdwort. Erst wenn der Schlussbericht geschrieben, die Akte bei der Staatsanwaltschaft war, wurde er genießbar.«

»Und sonst?«

Sie wusste nicht, worauf er hinaus wollte, sagte aufs Geratewohl: »Beliebt war er nicht.«

»Bei wem, beim Team?«

»Bei den Chefs.«

»Ach«, sagte Michaelis. Das schien ihn zu interessieren. »Erzählen Sie.«

»Das verstehen Sie ja doch nicht. Können es gar nicht verstehen. Sie wissen doch nichts von der Struktur der Volkspolizei. Da war alles anders als jetzt.«

»Versuchen Sie es«, sagte er unwillig.

Und sie erzählte von der dominierenden Rolle der Politabteilung. Die alle und alles in Schach hielt. Sie war die eigentliche Kraft. Meistens saßen Leute in der Abteilung, die wenig Verstand und gar kein Verständnis hatten. Sie habe sie jedenfalls gehasst. Kurt Wolf war der Einzige, der den Mut hatte, sich zu widersetzen. Was ja immer einem versuchten Selbstmord gleichkam. Die Innendienstordnung war für diese Hundertfünfzigprozentigen eine Art Katechismus. Die politischen Schulungen waren wichtiger als die Arbeit an einem Mord. Da machte Wolf eben nicht mit. Rausschmeißen konnten sie ihn nicht, dazu war er zu tüchtig.

Erika Heinze lachte. »Da war mal eine Geschichte. Soll ich Sie Ihnen erzählen?«

Er nickte.

»Also, das war so. Wolf wurde gefragt, wie hoch die Aufklärung ist. Er war ungeheuer stolz, sie betrug 86 Prozent. Sie wissen ja, jetzt kommen wir gerade auf 43 Prozent. Aber damals war das dem Polithengst nicht genug, er fragte, warum die Aufklärung nicht hundert Prozent betrüge. In der Sowjetunion kläre man alle Verbrechen hundertprozentig auf. Und von der Sowjetunion lernen, heißt siegen lernen. Er müsste also annehmen, dass der Leiter der Mordkommission ideologische Schwächen habe. Ein paar Wochen später war dieser Politmensch zu einer Konferenz in Moskau. In der Metro stahl man ihm die Brieftasche. Als wir das erfuhren, lachten wir uns halbtot. Und Kurt Wolf sagte ganz offiziell in einer Konferenz, der Genosse brauche sich keine Gedanken zu machen. »Da in der SU alle Verbrechen aufgeklärt würden, kriege er sein Zeug ja zurück.« Erika Heinze war noch immer vom Mut ihres ehemaligen Chefs erheitert.

»Was hat er für eine Ausbildung, dieser Herr Wolf?«

Frau Heinze dachte nach. »Ich glaube, er hat an der Akademie für Staat und Recht in Babelsberg studiert, und er war ein Jahr in Moskau.«

»Verheiratet?«

»Seit ungefähr hundert Jahren. Seine Frau Irmgard war Disponentin bei der HO. Das war wunderbar, Weihnachten bekamen wir Apfelsinen, ohne dass wir uns anstellen mussten.«

»Hat er Kinder?«

»Drei Söhne und ein Tochter. Bis auf Karin sind alle aus dem Haus.«

Norbert Michaelis stand am Fenster, sah hinaus in die kahlen Zweige einer alten Linde im Garten des Nachbarhauses und schwieg.

Endlich sagte er: »Schreiben Sie Herrn Wolf, bitten Sie ihn, herzukommen. Ich brauche seine Zeugenaussage. Nehmen Sie keinen dieser Vordrucke, machen Sie es ein bisschen verbindlicher. Ich unterschreibe selbst.«

»Ist recht«, sagte die Frau, erhob sich. In der Tür drehte sie sich zu Michaelis um. »Ist das nicht ein irrer Zufall, dass ausgerechnet er die Leiche des Mädchens gefunden hat?«

13

Kurt Wolf zeigte den Brief seiner Frau. »Was hat das zu bedeuten?«, fragte er.

»Was möchtest du, das es zu bedeuten hat?« Irmgard Wolf kannte ihren Mann, hatte seinen Weltuntergang erlebt, wusste um seine sinnlosen Hoffnungen. Sie sah ihn vorsichtshalber nicht an, wusste, dass über seinem breiten Gesicht wieder dieser Ausdruck von Spannung lag. Denn der Brief, das hatte sie sofort erkannt, hatte durchaus etwas zu bedeuten. »Jetzt stelle ich dir mal eine intelligente Frage«, sagte er grinsend, »und schon bist du überfordert.«

»Sag nichts«, erwiderte sie, »ich weiß, woran du denkst.«

»Du weißt wohl alles über mich, was?«

Es war keine Frage, es war eine liebevolle Feststellung. Er wollte nicht zugeben, dass sie ihm in der realistischen Sicht auf den Alltag überlegen war.

»Du möchtest dem Kumpel aus Saarbrücken zeigen, was du für ein Kerl bist, stimmt's.« Sanft berührte sie seinen Arm, streichelte ihn.

Die Wunde in ihm war noch nicht verheilt. In der letzten Zeit hatten sie es vermieden, darüber zu reden. Ihr tat das Herz weh, wenn sie ihn so leiden sah. Sie hatte ja auch ihre Arbeit verloren, doch sie hatte es ohne Aufwand weggesteckt. Disponentin war kein Beruf, an den man sein Herz hängen konnte. Jetzt, als Verkäuferin, fühlte sie sich ebenso gut. Sie war immer unter Menschen. Die Kolleginnen von damals wurden ihre Kunden, was dem Besitzer der Boutique nicht wenig gefiel. Mit Kurt war das anders, er litt erbittert. Nun war der Brief von diesem Michaelis gekommen. War das eine Chance? Sie umarmte ihn, lehnte ihren Kopf an seine Schulter.

»Geh hin«, sagte sie.

»Ob er meine Hilfe annehmen würde?«

»Nicht, wenn du sie ihm anbietest, er muss dich darum bitten.«

»Ja«, sagte Kurt, »da hast du recht.«

»Aber es darf nicht so sein, dass er auf Knien rutscht. Verstehst du. Es muss sich ergeben, fast beiläufig.«

Er löste sich von ihr, sagte zaghaft wie ein Schuljunge: »Ich könnte fromm werden bei dem Gedanken, in das Räderwerk einer Mordsache geraten zu sein.«

»Du glaubst ja nicht an die Vorsehung.«

»Vielleicht lerne ich es noch. Immerhin geschehen wundersame Dinge.«

»Denk dran«, sagte seine Frau, »Bescheidenheit ist die schlimmste Form der Eitelkeit.«

Am nächsten Tag zog sich Kurt Wolf sorgfältig an. Dabei wurde ihm bewusst, dass er gar nicht mehr wusste, was man so trug. Die Wessis hatten lange Mäntel an, weiße Hemden, bunte Schlipse, blankgeputzte Schuhe und weiße Söckchen. Sein Wissen über die Kleiderordnung westdeutscher Dienstherren stammte aus der Zeit seines freundlosen Abgangs.

Das war eine Ewigkeit her. In seinem Wald fragte niemand, wie er rumlief.

Norbert Michaelis bereute es, diesem Waldarbeiter geschrieben zu haben. Was wollte er eigentlich von ihm? Das war mal wieder eine fixe Idee. Da gab es ja nichts mehr, was dieser Wolf hätte klären können. Dieser alte Fuchs hatte längst gemerkt, was los ist. Ich werde Rhetorik machen, das heißt, drumrumreden, um nicht das Gesicht zu verlieren. Und ich werde zusehen, dass er bald wieder verschwindet.

Aber war es in Wirklichkeit nicht so, dass er diesen Waldarbeiter brauchte? Hatte ihn der Gedanke nicht irritiert, dass sich dieser Mensch schadenfroh die Hände rieb?

Welche Taktik sollte er einschlagen? Er wollte seine Probleme nicht offenlegen, aber darüber reden musste er wohl. Wie sollte er es anfangen? Plötzlich kam ihm eine Idee. Wenn ich ihm einfach sage, wie es ist. Wenn ich einfach und schlicht die Wahrheit sage? Dass ich nicht weiterkomme, dass er mir vielleicht helfen kann, wo er doch Land und Leute kennt. Die Wahrheit ist ein Phänomen, dachte er, sie ist einfach und schön. Und die Seele bleibt unbelastet. Michaelis freute sich, dass ihm diese fabelhafte Idee noch rechtzeitig gekommen war. Und er hoffte, dass er nicht rückfällig würde. Er war an Verstellung, Konvention, Halbwahrheiten, Taktieren so gewöhnt, dass er sie für akzeptable Haltungen im Umgang mit Vorgesetzen oder Untergebenen halten musste. Dann kamen ihm doch wieder Bedenken. Sollte er nicht doch erst einmal sehen, wie der Mann sich gab? Wenn er sich arrogant aufführte, war er schnell wieder draußen. Gab er sich unterwürfig und devot, konnte er auch gehen. Plötzlich bekam er Spaß an diesem Spiel, fühlte die Macht, ein Gottesurteil zu fällen.

Dann kam Kurt Wolf, stand breit und behäbig in der Tür und sagte: »Guten Morgen.«

Michaelis wies auf einen Stuhl. Wolf setzte sich, schwieg, sah ihn nur an. Das ist legitim, dachte Michaelis, er kann mich anschauen und schweigen. Jetzt bin ich dran. »Haben Sie sich über meinen Brief gewundert?«, fragte er.

»Ein bisschen.«

»Können Sie sich denken, warum ich Sie hergebeten habe?«

Kurt Wolf tat, als müsste er nachdenken. Er seufzte. »Ich will Ihnen nichts vormachen, Herr Michaelis, mich interessiert der Fall. Sie kennen es doch, wenn es einem in den Fingern juckt.«

»Was juckt in den Fingern«, fragte Michaelis scheinheilig. Insgeheim dachte er, dass sie sich doch ziemlich ähnlich waren.

Weder larmoyant noch vorwurfsvoll sagte Wolf: »Ich habe in meinem Leben keine andere Leidenschaft gehabt als meine Arbeit. Alles andere, Eltern, Ehe, Kinder, Enkel waren Marginalien. Und als das jetzt im Wald passierte, als ich die Leiche fand, war es wie ein Zeichen des Himmels.«

Michaelis hatte aufmerksam zugehört. Er wunderte

sich, dass er etwas anderes befürchtet hatte. »Wissen Sie«, sagte er im gleichen Ton, in dem Wolf gesprochen hatte, »wie gefährlich es für mich ist, Sie in die Ermittlung einzubeziehen?«

»Ach?«

»Schließlich sind Sie gefeuert worden.«

»Irrtum, ich habe gekündigt, wollte keine Ladendiebstähle, Kellereinbrüche bearbeiten. Das ist was für Anfänger.« Er schmetterte diese Rechtfertigung nicht wie einen Triumphmarsch, er stellte nur richtig.

»Pardon, das wusste ich nicht.« Michaelis dachte, dass er mit dem Mann auskommen könnte.

Er setzte ihn über den Stand der Ermittlung in Kenntnis. »Außer der Autospur haben wir nichts. Morgen will ich die letzten Alfa-Romeo Besitzer aufsuchen. Machen Sie mit?«

14

Am späten Nachmittag des 4. März hörte Steffi Kunze einen Wagen auf den Hof fahren. Zwei Männer kamen auf das Haus zu. Als sie öffnete, hielt ihr einer der Männer einen Ausweis hin.

»Polizei«, sagte er. Sie erschrak und dachte sofort: Attila!

Ihm ist etwas passiert! Er ist tot! Sie spürte, wie ihr das Blut aus dem Kopf wich. Die Knie zitterten. Sie hielt sich am Türpfosten fest.

Ich wusste es, dachte sie, irgendwann würde es passieren.

Sie bat die Männer herein. Im Zimmer ließ sie sich auf einen Stuhl fallen, noch bevor sich die Polizisten gesetzt hatten.

»Eine Routinebefragung«, sagte Michaelis, »wir suchen den Zeugen eines Unfalls.« Steffi Kunze hörte nur das eine, wunderbare Wort: Routine. Ein Unfall ist nicht Routine, der Tod ist nicht Routine! Gott, bin ich froh. Sie begann sich zu fassen, lächelte zaghaft.

»Ich dachte, meinem Mann sei etwas passiert.«

»Nein«, erwiderte Michaelis mit verhaltenem Wohlwollen in der Stimme. »Uns interessiert nur der Wagen Ihres Mannes, der rote Alfa.«

»Brauchen Sie die Fahrzeugpapiere?«, fragte Steffi. Michaelis sah seinen Partner an. Wolf schüttelte unmerklich den Kopf.

»Nein, die brauchen wir nicht«, sagte Michaelis, »wir möchten nur wissen, ob Ihr Mann an einem bestimmten Tag mit dem Wagen unterwegs war.«

Steffi sah das ein. Wenn man einen Zeugen suchte, brauchte man solche Angaben. »Wann soll der Unfall gewesen sein?«

»Am 17. Februar.«

Die Frau stand auf. »Da muss ich nachsehen. Er ist viel unterwegs.« Steffi Kunze fühlte sich erleichtert und beinahe froh. Eine Last war von ihr gefallen. Es erschien ihr wie ein Wunder, dass ihrem Mann nichts passiert war. Sie wollte dem Schicksal dankbar sein.

Mit dem Terminkalender kam sie ins Wohnzimmer zurück.

»Also am 17. Februar«, sagte sie und blätterte im Kalender. »Am 17. Februar war er tatsächlich mit dem Alfa unterwegs.«

»Wissen Sie, wo er war?«

»Ja, natürlich, in Erfurt. Er hatte dort eine wichtige Sache bei der Landesregierung zu erledigen. Er ist nämlich sehr erfolgreich.«

»Das freut uns. Und wann ist er nach Haus gekommen?«

»Da brauche ich gar nicht nachzudenken: um 17 Uhr.«

»Das wissen Sie mit Bestimmtheit?«, fragte Michaelis.

»Sein Wagen fuhr auf den Hof, im Radio liefen die Nachrichten. Beim Bügeln höre ich Radio, meist ORB, der bringt um die Zeit Nachrichten.«

»Und es war genau dieser Tag, der 17. Februar, ein Mittwoch?«

»Aber ja doch, jeden zweiten Mittwoch kommen unsere Freunde zum Rommé. An diesem Abend haben wir sogar ein bisschen gefeiert.«

Die Männer erhoben sich. »Sie sind sehr exakt«, lobte Michaelis.

»Für eine Buchhalterin ist Exaktheit die zweite Natur.« Lächelnd begleitete Steffi die Männer zur Tür.

Kurt Wolf hatte während der Unterhaltung geschwiegen. Nun, da sie über den Hof auf das Auto zugingen, sagte er: »Wir sollten Frau Kunze ins Präsidium mitnehmen, um ein Protokoll zu anzufertigen. Wer weiß, was sie uns morgen erzählt, wenn ihr Mann zurück ist.«

Michaelis überlegte. »Das ist eine gute Idee.«

Steffi Kunze fuhr willig mit, sie verstand die Polizisten, die ein Protokoll haben wollten. Sie selbst hatte ja in ihrer Arbeit stets darauf geachtet, dass alles notiert und dokumentiert wurde.

Später fuhr Kurt Wolf sie nach Haus zurück. Er setzte sie vor dem Haus ab.

Sie gab ihm die Hand. »Gut, dass ich Ihnen helfen konnte.«

Er nickte. »Unsere Arbeit ist mühselig.«

Sie ging ins Haus wie eine, die sich freut, ein gutes Werk getan zu haben.

Erst als Steffi den Kindern Abendbrot gemacht und sie ins Bett gebracht hatte, kam sie zur Ruhe. Hatte endlich Zeit, nachzudenken. War sie nicht zu eifrig gewesen? Hätte sie nicht warten müssen, bis Attila zu Hause war?

Ein vages Gefühl von Versagen überkam sie.

Erst jetzt fiel ihr ein, dass sie sich nicht nach Einzelheiten des Unfalls erkundigt hatte. Wo war der Unfall eigentlich passiert? Wer war zu Schaden gekommen? Wieso konnte Attila etwas dazu aussagen? Ihr hatte er nichts davon erzählt. Er hätte es getan, wäre es von Bedeutung gewesen. Wie waren sie überhaupt auf Attila gekommen, woher kannten sie die Adresse? Übrigens, seit wann wurden Verkehrsunfälle von Polizisten in Zivil untersucht?

Sie fühlte sich plötzlich nicht mehr wohl in ihrer Haut. Um die Zweifel zu besänftigen, goss sie sich einen Weinbrand ein. Die Polizei ist eine Ordnungsmacht, dachte sie trotzig. Wenn man ihr nicht mehr vertrauen kann, wem dann.

Sie stand auf, ging zum Telefon, sie wusste ja, wo Attila war.

Er verhandelte in Schwedt mit Handswerksmeister Mager über die Herstellung von Dichtungsringen. Dort würde sie jetzt anrufen. Attila sollte sie beruhigen, ihr sagen, dass alles in Ordnung war.

Die Nummer des Handwerksmeisters war schnell zu ermitteln. Doch plötzlich begann ihr Herz heftig gegen den Rippenbogen zu hämmern. Noch nie hatte sie ihren Mann kontrolliert. Er wird es doch hoffentlich nicht falsch auffassen, dachte sie ängstlich. Schließlich wollte sie ihn nur informieren und selbst informiert werden.

Das Telefon in Schwedt klingelte lange, bis der Hörer endlich abgenommen wurde. Um keinen Verdacht aufkommen zu lassen, meldete sie sich als die Sekretärin der Firma Kunze.

Sie erfuhr, dass Herr Kunze um die Mittagsstunde wieder abgefahren sei.

Steffi legte auf. Was hatte das zu bedeuten?

Wo war Attila? Wenn er gegen Mittag abgefahren war, müsste er längst wieder hier sein.

Der Alfa braucht von Schwedt nach Lindstadt zwei Stunden.

Steffi ahnte, dass etwas Unausweichliches auf sie zukam.

Hatte er eine andere Frau? Die Warnung ihrer Mutter fiel ihr ein: Kein Mann betrügt seine Frau nur ein einziges Mal. Seine erste Frau hat er mit mir betrogen. Betrügt er mich jetzt mit der dritten? Die Polizei, das Protokoll, ihre voreilige Aussage, all das spielte nun keine Rolle mehr. Der Hunger war ihr vergangen. Sie sah nach den Kindern. Dann trank sie ein großes Glas Weinbrand aus, ging durch das Haus, so wie er es immer tat, knipste das Licht aus und legte sich schlafen.

Im ersten Morgendämmer hörte Steffi das Auto auf den Hof fahren.

Attila kam die Treppe hoch. Sie machte erst gar nicht den Versuch, sich schlafend zu stellen, sondern knipste das Licht an.

Er lächelte, hielt ihr seine ölverschmierten Hände hin.

»Ich hatte eine Panne«, sagte er, »bist du mir böse?«

Er ist wieder da, dachte sie, das allein zählt! Sie lächelte zurück. Ich werde keinen katzenhaften Eifer an den Tag legen, um hinter seine Heimlichkeiten zu kommen. Er wird sie mir ganz von selbst erzählen.

»Du bist müde«, sagte sie mütterlich, »willst du dich nicht hinlegen?«

»Müde bin ich schon, aber zum Schlafen habe ich jetzt keine Zeit. Ich muss in die Werkstatt.«

»Fährst du heute noch einmal weg?«, fragte sie.

»Nein, mein Schatz, heut bleib ich bei dir.« Er setzte sich auf den Rand ihres Bettes. Sie sah, wie erschöpft er war.

»Die Polizisten wollten irgendwann wiederkommen.«

»Welche Polizisten, und was wollten sie?«

»Es geht um einen Verkehrsunfall.«

»Was für einen Verkehrsunfall? Ich habe keinen gesehen.«

»Nicht gestern. Neulich, als du in Erfurt warst, am siebzehnten.«

»Hast du ihnen gesagt, dass ich unterwegs war?«

»Natürlich, was denn sonst. Ist doch kein Geheimnis.«

»Das darf doch nicht wahr sein. Hättest du nicht warten können, bis ich wieder zurück bin?«

»Deshalb kommen sie ja wieder, sie wollen mit dir reden. Was ist denn plötzlich mit dir los?«

Er fuhr sich mit beiden Händen durch Haar. Das machte er immer, wenn er sich ärgerte.

15

Steffi briet Speckscheiben, kippte das Fett weg. In der Pfanne blieben die goldbraun gebratene Speckfladen. Darüber schlug sie zwei Eier, die sich schnell über den Speck ausbreiteten und in der Hitze erstarrten. Sie füllte Kaffee in die Filtertüte, stellte die Kaffeemaschine an, schaltete den Toaster ein. Schwerer, würziger Duft erfüllte die Küche, zog durch das ganze Haus, bis in Attilas Zimmer. Es war ein melancholisches Friedensangebot.

Eigentlich, dachte sie, habe ich es gar nicht nötig, mir sein Wohlwollen zu erdienen. Doch sie konnte nun mal nicht in einer Atmosphäre von Feindseligkeit leben. Das wusste er nur zu gut. Wenn es zwischen ihnen gelegentlich zu Meinungsverschiedenheiten kam, strafte er sie, indem er nicht mehr mit ihr sprach. Bis sie den ersten Schritt machte, um Verzeihung bittend wieder an seinem Hals hing.

An der Innenseite des Küchenschranks war ein Spruch angepinnt:

»Das grundlegende Gesetz des Menschen ist die Anpassung.«

Diesen Satz las sie immer wieder und beherzigte ihn redlich. Ich kann mein Leben nicht ändern, also passe ich mich an. Wenn es sein muss, lebenslänglich. Doch mitunter dachte sie: Wo ist die Grenze der Anpassung? Und was ist ihr Preis? Totale Unterordnung, Verzicht auf Offenheit? Ich soll vertrauen, ohne Fragen stellen zu dürfen? Nein, das wusste sie jetzt, Anpassung war nur möglich, solange man nichts von seiner Substanz aufgab. Verletzte sie nicht ihr Selbstwertgefühl, wenn sie stillschweigend über die vergangene Nacht hinwegging und die Ausrede akzeptierte?

Sie horchte nach oben. Stille durchzog das Haus.

Die Eier in der Pfanne waren hart geworden, der Kaffee war kalt. Der Duft hatte Attila also nicht verführen können. Er wird sich hingelegt haben und eingeschlafen sein.

Sie hielt seine Lieblingstasse in der Hand. In einem Anfall stiller, ungebändigter Wut, warf sie die Tasse gegen die Wand. Dann fegte sie die Scherben zusammen, überwand sich und ging hinauf.

Das Zimmer war leer, das Bett unberührt.

Steffis Wut flammte erneut auf. Was ging hier vor? Warum gab er ihr Rätsel auf? Wie war er aus dem Haus gekommen. Sie konnte es nicht fassen, dass er sich wie ein Dieb davongeschlichen hatte. Aber warum nur?

Sie ging auf den Hof. Aus der Garage drang Motorengeräusch. Sie öffnete die Tür. Attila stand vor seinem Alfa und fuhrwerkte mit einem Staubsauger auf den Polstern des Wagens herum.

»Bist du verrückt«, schrie sie, »hast du nichts anderes zu tun?«

Er sah auf, wandte sich aber sofort wieder seiner Arbeit zu.

Sie packte ihn leicht hysterisch am Arm. »Du hast die Nacht nicht geschlafen, nicht gefrühstückt, und jetzt putzt du den Wagen. Noch dazu im guten Anzug. Was ist denn los mit dir?«

Er machte eine Bewegung, als wollte er sie verscheuchen.

Sie rührte sich nicht von der Stelle.

»Hau ab«, knurrte er unwirsch, »du siehst doch, ich habe zu tun.« Ohne sie noch eines Blickes zu würdigen, setzte er sein Reinigungswerk fort.

Steffi ging ins Haus zurück, überzeugt davon, dass er nicht mehr normal war. Etwas Furchtbares musste geschehen sein. Vom Küchenfenster aus konnte sie die Garage sehen. Sie überlegte, ob sie einen Arzt rufen sollte. Aber ein unerklärliches Angstgefühl hielt sie davon ab.

Währenddessen bemühte sich Attila Kunze, die Spuren seiner Tat zu vernichten. Er konnte es sich nicht verzeihen, dass er nicht früher daran gedacht hatte. Er war fest davon überzeugt gewesen, man käme ihm nicht auf die Spur.

Ein Polizeiauto fuhr auf den Hof. Zwei Männer stiegen aus und gingen auf die Garagentür zu, die Steffi offen gelassen hatte. Attila hatte sie nicht bemerkt, er war zu vertieft in seiner Arbeit.

Steffi warf sich eine Jacke über und stürzte hinaus.

Sie hörte Michaelis zu Attila sagen: »Es dauert nicht lange.« Als er sie bemerkte, ging er auf sie zu: »Wir bringen Ihren Mann gleich wieder zurück, keine Bange.« Steffi spürte einen Kloß in der Kehle. Es waren hundert Fragen, die sie bedrängten, aber es fiel ihr keine einzige ein. Attila stieg in das Polizeiauto. Er wehrte sich nicht, machte keine Ausflüchte. Er war gefügig und wie erschlagen. Das entsetzte Steffi am heftigsten. Sie rief seinen Namen. Er sah auf, ihre Blicke trafen sich, er blickte sie wie eine Fremde an, als hätte sie Schuld an seinem Unglück.

Michaelis registrierte den Blickwechsel. Er schien zu ahnen, was sich zwischen den Eheleuten abgespielt haben mochte.

Ein Uniformierter rangierte den Alfa aus der Garage, packte den Staubsauger ein und fuhr dem Polizeiauto hinterher, in dem Michaelis, Attila und ein dritter Mann saßen. Steffi blieb allein zurück. Sie fror. Ihr Leben hatte sich von einer Stunde zur anderen verändert. Warum hatten sie Attila mitgenommen? Konnten sie ihn nicht hier befragen? Warum durfte er nicht mit seinem Wagen fahren? Und warum nahmen sie den Alfa mit und sogar den Staubsauger. Das alles ergab keinen Sinn. Ob er doch etwas mit dem Unfall zu tun hatte? Hatte er ihn etwa verursacht? Am schlimmsten war, dass er sie wie einen Feind behandelte.

Auf dem Weg zum Polizeipräsidium überdachte Attila Kunze seine Lage. Hätte Steffi doch nur geschwiegen, alles wäre leichter. So aber wussten sie, dass er in Erfurt war. Ein Anruf bei der Landesbehörde genügte, um sich die Zeiten bestätigen zu lassen. Er musste um jeden Preis verhindern, dass sie erfuhren, wann er zu Hause angekommen war. Im Wagen konnten sie nichts finden, und andere Spuren gab es nicht.

Er würde leugnen. Nicht er musste seine Unschuld beweisen, sie mussten ihm die Schuld nachweisen. Das machte ihn sicher. Er würde zugeben, was sie ohnehin wussten oder mühelos herausbekamen, kein Wort mehr.

Kommissar Michaelis hatte sich ihm vorgestellt. Das ist keiner von hier, dachte Attila Kunze. Gut so! Die von drüben kannten sich hier nicht aus. Nicht unsympathisch der Mann, zum Glück kein so verbissener Prinzipienreiter. Kunze nahm den Kaffee, den ihm der Kommissar anbot. Warum sollte er die Freundlichkeit mit einer Ablehnung quittieren.

Ohne jedes Zeichen von Nervosität führte er die Tasse zum Mund. Dieser Michaelis hatte mit unverhohlener Offenheit auf das Zittern seiner Hand gewartet. Reine Nervensache, Herr Kommissar.

»Es geht uns um den 17. Februar. Wo waren Sie an diesem Tag?«

Kunze tat, als müsste er nachdenken. »In Erfurt. Ich hatte dort eine sehr wichtige Besprechung.«

Michaelis blätterte in seinen Unterlagen. »In der Landesregierung bei Herrn Wittig?«

»Gut recherchiert«, Kunze grinste.

»Dafür werde ich bezahlt.« Michaelis war nicht zum Grinsen zumute. »Wann fuhren Sie von Erfurt weg?«

»Na, Sie verlangen ja Sachen, Herr Kommissar! So genau weiß ich das leider nicht mehr.«

»Ungefähr?«

»Geben Sie sich mit ungefähren Angaben zufrieden?«

»Haben Sie unterwegs angehalten?«

»Warum sollte ich, bei dem Wetter macht man, dass man nach Hause kommt.«

»Wann waren Sie zu Haus?«

»Wahrscheinlich gegen 15 Uhr. Vielleicht auch ein bisschen später.«

»Was machte Ihre Frau, als Sie in die Wohnung kamen?«

»Was weiß ich, irgendeine Hausarbeit.« Kunze fühlte sich ungemütlich. Hatte Steffi etwa genaue Angaben gemacht? Dann konnte sie was erleben. Schroff sagte er. »Was soll das? Ich habe zwar einen gewissen Spaß am Smalltalk, aber mir fehlt die Zeit zu solchen Vergnügen. Ich möchte endlich wissen, warum ich hier ausgequetscht werde. Um was geht es eigentlich? Wäre es nicht fair, es mir zu sagen?«

»Ich bitte um Verständnis«, sagte Michaelis freundlich. Kunze bemerkte das kleine Lächeln um den Mund, es gefiel ihm nicht.

»Noch möchte ich Ihre Frage, die ich als durchaus berechtigt empfinde, nicht beantworten. Noch nicht.«

»Sie geben mir Rätsel auf.« Kunzes Laune besserte sich. »Haben Sie vor, mich noch eine Weile hier zu behalten? Ich habe nämlich noch nicht gefrühstückt.«

Michaelis lachte. »Ein schlimmer Tag, der ohne Frühstück anfängt.«

Kunze lachte mit. Es hörte sich lustig an.

Mit übergangsloser Schärfe sagte der Kommissar: »Sie frühstücken nicht, aber putzen Ihr Auto, saugen sogar die Polster ab. Das nenne ich einen durchorganisierten Morgen.«

»Muss man sich das als unbescholtener Bürger gefallen lassen?«, fragte Kunze aufsässig.

»Warum so empfindlich«, fragte Michaelis mit scheinheiliger Liebenswürdigkeit. »Gefällt es Ihnen nicht bei uns?«

Weiß dieser Kerl mehr, als er zu erkennen gibt, überlegte Kunze. Woher nimmt er seine Sicherheit? Sein Grinsen ist hinterhältig, doppelbödig, gemein. Ich stehe jetzt auf und geh einfach weg. Er kann mich doch gar nicht festhalten, höchstens mit Gewalt. Aber das wird er nicht wagen. Oder doch?

Kunze spürte plötzlich Angst. Angst macht dumm, sie hindert den Menschen, logisch zu denken. Ich hätte mich Steffi anvertrauen sollen. Hätte ihr sagen müssen, in welcher Gefahr ich mich befinde, dass es auch um sie und die Kinder geht, auch um das Unternehmen. Sie hätte es begriffen, sie hängt an mir, an unserem Haus. Verdammt noch mal, was war ich für ein Idiot! Statt sie in die Arme zu nehmen, ihr zu sagen, dass nichts auf der Welt so wichtig für mich ist wie das Leben mit ihr, ziehe ich mit dieser Sandra durch die Gegend. Steffi hat es geahnt, das war zu spüren. Da wäre immer noch Zeit gewesen, sie zu versöhnen. Sie ist ein anlehnungsbedürftiger Mensch, weich und nachgiebig. Stattdessen habe ich mich wie ein selbstgefälliger Gockel aufgeführt. Sie hätte mich nicht im Stich gelassen, niemals! Sie hätte geschworen, dass ich Mittag zu Haus gewesen bin. Sie würde für so abstrakte Begriffe wie Ehre, Wahrheit, Recht und Ordnung nicht ihr Leben aufs Spiel setzen. Und ich bin nun mal ihr Leben! Heute Morgen hatte ich es noch in der Hand. Ich habe es noch immer in der Hand. In ein paar Stunden bin ich zu Hause, da werde ich mit ihr reden, lieb zu ihr sein. Sie ist doch meine Frau, meine Verbündete. Sie, nicht Sandra, die kleine Schlange.

Kunze stand auf, machte ein paar Schritte zur Tür hin. Michaelis sah ihn verwundert an. »Wo wollen Sie denn hin?«

»Raten Sie mal«, erwiderte Kunze grimmig, »nach Hause natürlich.«

»Ich kann Sie noch nicht gehen lassen. Tut mir leid.«

»Warum, zum Teufel, bin ich kein freier Bürger mehr?«

»Ein bisschen Geduld, Herr Kunze. Es sind da noch ein paar Fragen zu klären.«

»Dann stellen Sie endlich diese gottverdammten Fragen.« Kunze blieb stehen.

Der Kommissar lächelte zu ihm hinauf. »Unsere Leute in der Kriminaltechnik sind zwar fix, aber sie sind auch gründlich. Alles braucht seine Zeit, verstehen Sie.»

»Ich verstehe gar nichts. Was habe ich mit der Kriminaltechnik zu tun? Sie wollten mir Fragen stellen, die im Zusammenhang mit einem Verkehrsunfall stehen, sagte mir jedenfalls meine Frau. Also, was soll jetzt der Unsinn mit der Kriminaltechnik?«

»Setzen Sie sich bitte wieder hin. Es ist doch viel gemütlicher so.«

»Sie machen sich über mich lustig.«

»Aber nein, ich gebe Ihnen sogar noch eine Tasse Kaffee, der ist doch gar nicht so übel. Aber das ist auch im Moment alles, was ich für Sie tun kann.«

Kunze setzte sich wieder. Ihm blieb nichts anders übrig, als sich zu fügen, den Spott des fremden Mannes über sich ergehen zu lassen. Er sah zum Fenster hinaus. Da war ein Parkplatz, auf dem standen dicht nebeneinander Autos. Wer in der hinteren Reihe stand, kam gar nicht mehr raus. Gottlob hatte er solche Probleme nicht. Er besaß eine Garage, ein Haus, ein funktionierendes Geschäft. Ihn hatte die Sintflut nicht erwischt.

Hinter dem Parkplatz war ein Flachbau, weiß verputzt, vergitterte Fenster. Neben der Tür hing ein Schild mit der Aufschrift *Kriminaltechnik.*

Dort also wurde jetzt sein Schicksal entschieden. Dort saßen Männer, die ihn nicht kannten, nichts von seinem Leben wussten. Und diese Leute wollten seinen Untergang. Was um alles in der Welt knobelten sie aus? So erfreulich seine bisherige Bilanz war, so groß war jetzt die Bedrohung. Die zuversichtliche, fast übermütige Leichtigkeit, mit der er sich sonst seines Lebens freute, wollte sich nicht mehr einstellen.

Kommissar Michaelis stand auf und nickte Kunze höflich zu. »Ich will doch mal sehen, wie weit die im Labor sind.« Er hatte das Zimmer kaum verlassen, als ein Wachmann eintrat, sich neben die Tür setzte.

Kunze erschrak. Sie lassen mich bewachen. Für einen Moment glaubte er, sein Herz bliebe stehen. Und zum ersten Mal spürte er, wie entsetzlich es war, nicht mehr frei über sich entscheiden zu können. Einfach aufstehen und gehen, dachte er. Weg von hier, weit weg, und schnell, bevor die Maschinerie in Gang gerät. Er sah wieder zum Fenster hinaus, erkannte Michaelis, wie er über den Parkplatz hastete, und das weiße Haus betrat.

Es verging fast eine Stunde, bis der Kommissar wieder auftauchte.

In seinem Gesicht war nichts zu erkennen, kein Triumph, keine Enttäuschung.

»So«, sagte er, »nun fangen wir noch einmal von vorn an.« Er drückte auf einen Knopf, eine Frau tauchte auf, den Stenoblock in der Hand. »Also«, sagte er, »wie war das am 17. Februar? Beschreiben Sie die Fahrt von Erfurt nach Lindstadt. Wann sind Sie losgefahren, was ist Ihnen unterwegs aufgefallen? Wer ist Ihnen begegnet. Und vor allem, wann waren Sie zu Haus?«

»Nein«, schrie Kunze, »ich habe Ihnen alles zu diesem Thema gesagt, und das reicht.«

»Aber, aber. Warum diese Aufregung. Wir haben vorhin nicht protokolliert, das müssen wir jetzt nachholen.«

»Ihre Sache! Ich sage kein Ton mehr.«

»Gut«, sagte Michaelis, »einverstanden, nur eine Frage werden Sie mir beantworten müssen. Wie kommen die Radspuren Ihres Autos in das Revier Hohenblick? Sie wissen, wo das ist, nicht wahr? Etwa vierzig Autominuten von Ihrem Haus entfernt.«

Kunze wurde blass. Das also war es, Reifenspuren, daran hatte er nicht gedacht. Wie hat man sie entdecken können, da lag doch nur ein Hauch von Schnee. Wieso ist überhaupt jemand hingekommen? Sonst kam doch nie einer hin.

Gegen Mittag war es wärmer geworden, der Schnee war geschmolzen, das wusste er genau, er hatte die Temperaturentwicklung aufmerksam verfolgt. Wer, zum Teufel, geht bei so einem Wetter in einen nassen, kalten

Wald? Ich hätte schwören können, dass da bis April-Mai niemand hinkommt. Ein verfluchter Zufall, kriecht da irgend so ein Vollidiot im Wald rum.

»Die Spur muss doch nicht von meinem Wagen sein, da gibt es Hunderte von der Sorte.« Kunze versuchte, sich locker zu geben.

»Das ist es, was ich meinte. Unsere Kriminaltechniker sind Wahrheitsfanatiker. Sie brauchen ihre Zeit, um etwas herauszufinden, aber wenn sie es gefunden haben, ist es hundertprozentig sicher.«

Kunze gab sich skeptisch. »Mit solchen Feststellungen wäre ich an Ihrer Stelle vorsichtig. Als Naturwissenschaftler weiß ich, dass es nichts Hundertprozentiges gibt. Ich war nicht in dem Wald, nicht in diesem und nicht in einem anderen. Was, um alles in der Welt, sollte ich dort tun?«

»Warum regen sie sich auf, Herr Kunze? Jeder kann zu jeder Zeit in den Wald fahren. Vielleicht wollten Sie mal verschnaufen nach der langen Fahrt oder einem anderen Bedürfnis nachgeben. Was ist daran so ungewöhnlich? Haben Sie vielleicht etwas zu verbergen?«

Kunze trommelte auf die Tischplatte. »Ich war nicht dort.«

»Aber Sie wissen, was dort passiert ist?«

»Keine Ahnung.«

»Aber Herr Kunze, die ganze Stadt redet darüber, und ausgerechnet Sie wollen nichts davon wissen?«

»Ach ja, ein Mädchen ist umgebracht worden«, sagte Kunze endlich. »Ich will ehrlich sein, ich interessiere mich nicht sonderlich für solche Räuberpistolen.«

»Sollten Sie aber. Der Mord ist ungefähr zwischen fünfzehn und sechzehn Uhr verübt worden. Sie sind in unmittelbarer Nähe des Tatorts gewesen. Wann, sagten Sie, waren Sie zu Hause?« Michaelis sah ihn kalt an. »Wir kriegen es raus, das verspreche ich Ihnen.«

Kunze hielt es nicht mehr auf dem Stuhl. »Herr Kommissar«, sagte er aufgeregt und legte die rechte Hand auf die Herzgegend, »es wird sich alles aufklären. Meine Frau wird Ihnen bestätigen, dass ich gegen Mittag zu Hause war und nicht wieder weggefahren bin.« Und er dachte, Steffi wird mir ein Alibi verschaffen. Sie wird zu mir halten. Ich werde ihr die ganze Wahrheit sagen, gleich, sofort, wenn ich zu Hause bin.

Michaelis klappte überraschend schnell die Akte zu. »Tja, Herr Kunze, solange dieser Punkt nicht geklärt ist, bleiben Sie unser Gast.«

Kunze verlor die Beherrschung. »Sie verhaften mich? Das ist gegen das Gesetz. Sie können mich gar nicht festhalten. Sie haben keine Beweise.«

»Laut Strafprozessordnung können wir Sie vierundzwanzig Stunden festhalten. Dann sehen wir weiter.«

16

An diesem Tag saß Michaelis bis in den späten Abend im Präsidium. Er brauchte Zeit zum Nachdenken, und es zog ihn auch nichts nach Hause. Ein Hochgefühl bestimmte seine Haltung. Er hatte sein Ziel erreicht. Der Mörder saß hinter Gittern. Er war sicher, dass Attila Kunze die Tat begangen hatte. Das sagten ihm Gefühl und Erfahrung. Der Verstand hielt sich zurück. Sie hatten keine objektiven Beweise. Er würde sie finden, dessen war er sicher. Eine unbekannte Genugtuung erfüllte ihn, ein sonderbar heiteres Gefühl. Das verwunderte ihn. Bis jetzt hatte er seine Fälle behandelt, wie Fälle eben behandelt werden, so gut wie möglich, so schnell wie möglich, so gründlich wie möglich und so unbeeindruckt wie möglich. Er konnte es sich nicht leisten, jedes Mal ein Stück Seele mitzuliefern. Jetzt war es anders, so, als beträfe es ihn selbst. Was hatte sich in ihm oder um ihn herum verändert? Er wusste es nicht, und eigentlich wollte er es auch gar nicht wissen.

In den anderen Zimmern nebenan war es still geworden. Die Kollegen waren nach Hause gegangen, saßen vor den Fernsehern oder bei Freunden. Sie redeten mit ihren Frauen über hundert banale Dinge, die das Leben ausmachten. Allein war keiner. Man macht keine Gewinne, ohne Verluste zu riskieren. Diesen ebenso simplen wie weisen Spruch hätte er sich an die Wand nageln müssen. Er traf auf ihn zu. Warum war er aus Saarbrücken weggegangen? Hatte er so viel gewonnen? Dort war er wenigstens heimisch. Hier war er ein Fremder und würde fremd bleiben.

Er begann zu frieren, die Heizung war runtergedreht worden. Es blieb ihm wohl nichts anderes übrig, als nach Hause zu gehen. Aus dem Briefkasten würden Zeitungen und Werbeschriften quellen. Die Nachbarn stopften ihm auch noch ihre Werbehefte in den Kasten. Als wollten sie ihn, den Wessi für diese Flut, die Vergeudung kostbaren Papiers, bestrafen. In der Küche wartete der Abwasch vom Morgen, im Schlafzimmer das aufgeschlagene Bett, im Bad die schmutzige Wäsche. Nur das Wohnzimmer hielt er vorsichtshalber in Ordnung. Es konnte ja doch mal einer kommen.

Kommissar Michaelis lief über die Bahnhofsbrücke, die leicht anstieg. Er stellte fest, dass er ein wenig japste, die Luft knapp wurde. Hörte verwirrt das aufgeregte Pochen seines Herzens. Das fehlt noch, dass ich fett und asthmatisch werde! Wahrscheinlich laufe ich zu wenig. Ab sofort lass ich das Auto stehen. Er belächelte sich und seinen Eifer. Diesen Schwur leistete er in unregelmäßigen Abständen immer wieder.

Plötzlich fiel ihm Kunze ein. Wie mochte ihm zumute sein? Die erste Nacht im Knast vergisst keiner. Wenn die Frau nicht umkippt, haben wir dich, Bursche! Jetzt, in dieser Stunde, wurde sein Alfa untersucht. Wenn das Mädchen im Auto gesessen hat, gibt es auch Spuren. Er hat es wohl selbst vermutet. Hätte er sonst die Polster abgesaugt? Die Kriminaltechniker würden die Nacht durcharbeiten, den darauf folgenden Tag und die nächste Nacht, bis sie etwas gefunden hatten. Alte Füchse, diese Jungs. Er wunderte sich, wie gut die ehemaligen Volkspolizisten ausgebildet waren. Ihr Eifer artete in Besessenheit aus. Seltsamerweise hatte sich, seit bekannt geworden war, dass der alte Wolf wieder mitmischte, ihr Verhältnis zu ihm verändert. Sie waren freundlicher geworden, kamen auf ihn zu, redeten mit ihm. Nicht nur über dienstliche Notwendigkeiten, auch über Fußballergebnisse, das Wetter und die hübschen Polizistinnen im Streifendienst. Gestern hatten sich der Schriftsachverständige und der Daktyloskop mit ihren Suppenschüsseln an seinen Tisch gesetzt. Das war vorher nie geschehen.

Die Stadt war still und friedlich. In der Fußgängerzone saß ein Liebespaar eng umschlungen auf einer Bank. Aus dem geöffneten Fenster eines Restaurants kam Musik. Michaelis überquerte den Alten Markt, bog in die Kreuzgasse ein, wollte zum nächsten Taxistand und war plötzlich in der Schillerstraße. Dort, in dem runzligen Altbau, wohnte Ulla Binder. Er stand verwundert vor dem Haus. In der Wohnung brannte Licht. Er sah ihren Schatten am Fenster. Wenn er da einfach raufginge und an ihre Tür klopfte? Aber was sollte er ihr sagen, dass er einen Menschen sucht, mit dem er reden kann, der ihm zuhört. Wie machte man einem anderen die eigene Einsamkeit verständlich? Natürlich könnte er über all dies auch schweigen und einfach so tun, als wolle er ihr den neuesten Stand der

Ermittlungen mitteilen. Etwa so: Wir haben einen Mann festgenommen, der vielleicht der Mörder ihrer Tochter ist. Nein, das war unmöglich, das durfte er nicht tun. Das wäre taktlos und dumm. Was tat sie jetzt, in diesem Augenblick? Woran dachte sie? Hatte sie Pläne, Hoffnungen. Wie wird ihr Leben nun weitergehen? Wie ging sie mit ihrer Trauer um?

Meine Einsamkeit, dachte er, ist melancholischer Art und nicht wirklich gefährlich. Ihre Einsamkeit ist tödlich. Einsamkeit macht sprachlos. Wieder sah er eine Gestalt am Fenster. Er erschrak bei dem Gedanken, sie könnte ihn erkannt haben.

Er gab sich einen Ruck und schlug den Weg nach Haus ein. Irgendwann, dachte er, bald schon, werde ich zu ihr gehen und sagen: Wir haben den Mörder Ihrer kleinen Marie.

Michaelis war kaum zu Haus, als das Telefon klingelte. Es war kurz vor Mitternacht. Trotzdem hörte er das Klingeln gern. Er nahm den Hörer ab, Wolf meldete sich. Das verwunderte ihn nicht. Der Alte war wie aufgezogen. Er kannte keine Tageszeit und keine Essenszeit. Von seinem Betrieb hatte er sich Urlaub genommen, den Jahresurlaub.

Ein bisschen ärgerte sich Michaelis doch über den Mann. Er könnte wenigstens fragen, ob er vielleicht störe, ob Michaelis nicht schon im Bett gelegen habe. Dieser Mann tat, als sei ein Anruf um Mitternacht völlig normal. Und als er anfing, ihm von seinen Unternehmungen zu berichten, sagte Michaelis. »Kommen Sie her, es spricht sich besser ohne Strippe dazwischen.«

»Bin in zehn Minuten da«, sagte Wolf wie selbstverständlich und legte auf.

Michaelis räumte Zeitungen von der Couch, schaltete das Deckenlicht ein, zog sich wieder die Straßenschuhe an. Ein Chef in Hausschuhen wirkte nicht sonderlich seriös. Da war Wolf auch schon da.

»Ich komme von Frau Kunze«, sagte er statt einer Begrüßung. »Es sieht gut aus. Sie bleibt bei ihrer Aussage.«

»Sind Sie verrückt geworden«, fauchte Michaelis. »Wie können Sie nachts einen Zeugen vernehmen! Das sind ja Stasi-Methoden.« Er sah auf die Uhr. »Mann Gottes, wissen Sie denn nicht, wie spät es ist? Damit können Sie uns den größten Ärger machen.«

Wolf war überrascht. Diesen Ausbruch hatte er nicht erwartet. »Na, nun regen Sie sich mal wieder ab. Ich habe mich an die Strafprozessordnung gehalten, war gegen 17 Uhr bei Frau Kunze, nicht in der Nacht. Bis jetzt war ich im Präsidium, das Protokoll zu schreiben.«

Michaelis bereute seine unangemessene Reaktion. Natürlich hätte er sich denken können, dass der Alte keine Unvorsichtigkeit beging. Aber die Aussage der Frau war so wichtig, dass sie sich keinen Patzer erlauben durften. Jeder halbgebildete Anwalt würde eine Vernehmung, die gegen Mitternacht stattgefunden hatte, in Zweifel ziehen. Und das Gericht würde ihm folgen.

»Wie sicher ist die Aussage der Frau?« Michaelis versuchte, einen milden Ton in seine Stimme zu legen.

»Absolut sicher. Sie sagt, dass sich der Sprecher an jenem Tag in den Nachrichten um 17 Uhr versprochen hat. Er sagte nicht: Es ist 17 Uhr und 8 Minuten, er sagte: Es ist 18 Uhr und 7 Minuten. Danach entschuldigte er sich für den Versprecher. Und gerade in diesem Moment sei ihr Mann auf den Hof gefahren.« Wolf sah seinen Chef an. »Na, ist das was?«

»Kann das auch an einem anderen Tag gewesen sein?«

»Ich bin zum Sender gefahren, habe mir das Sendeprotokoll angesehen. Es stimmt.«

Michaelis atmete tief durch. Das war eine gute Nachricht. Er fühlte sich erleichtert. Frau Kunze war der schwache Punkt in seiner Rechnung, seine große Sorge. Wenn sie ihre Aussage geändert, sie ihm ein Alibi verschafft hätte, wäre alles viel schwieriger geworden.

»Und sie hat die Aussage unterschrieben?«, fragte er.

»Ohne zu zögern. Sie weiß ja nicht, was wir ihrem Mann vorwerfen. Kann sein, sie hätte sich sonst anders verhalten.«

»Kann schon sein«, sagte Michaelis, er dachte darüber nach, ob es wirklich fair war, die Frau im Unklaren zu lassen.

»Und was haben Sie erreicht?«, fragte Wolf. »Wie ist die Vernehmung von Kunze gelaufen?«

»Haben Sie gedacht, er legt ein Geständnis ab?«, erwiderte Michaelis.

»Er wird es tun, es ist eine Frage der Zeit«, erklärte Wolf. »Kunze war sich seiner Sache sicher, davon überzeugt, dass wir ihm nichts nachweisen können.«

Michaelis dachte nach. »Da ist was dran, er hätte sonst

seine Frau eingeweiht, damit sie ihm aus der Patsche hilft.«

»Wir schaffen es«, sagte Wolf, »ich bin sicher, dass wir es schaffen.«

»Ich auch«, sagte Michaelis. »Und was ist jetzt mit einem Bier?«

Wolf nickte. »Das wäre eine gute Tat.«

17

Auch das Leben von Kurt Wolf hatte sich innerhalb weniger Stunden verändert. Noch vor kurzem war er durch den Wald gezogen, und der Tag war ihm wie eine graue, undurchdringliche Masse vorgekommen. Jetzt spürte er wieder Leben in seinen alten Knochen. Er schlief nur ein paar Stunden, als hätte er Angst, etwas zu verpassen oder auch nur eine Stunde von seiner neuen Freiheit zu verlieren. Wenn er am späten Abend ins Bett fiel, schlief er tief und fest und wachte am Morgen mit einer ungeheuren Lust auf die Arbeit auf. Es störte ihn nicht, dass er der letzte Mann im Glied war, obwohl er früher an der Spitze gestanden hatte. Mitunter dachte er, dass die Freude an der Arbeit fast schon pathologisch sei. Es erschreckte ihn, dass es nichts anders für ihn gab als die Arbeit. War er zu einseitig, zu unbegabt, ein anderes Leben zu führen, an anderen Dingen Freude zu haben? Seine Arbeit bedeutete immerhin, Jagd auf Menschen zu machen. Hatte er bereits Schaden an seiner Moral genommen? Er saß bei Michaelis auf der Couch, sah zu, wie sein Chef sich mühte, Gläser blank zu reiben und widerspenstige Bierbüchsen zu öffnen. Dachte: Kurt, alter Junge, pass auf, mach dich nicht zum Affen! Mach nicht den Übereifrigen, den Unentbehrlichen, das könnte ein schiefes Licht auf dich werfen. Das könnte man falsch verstehen. Vielleicht denkt dieser Michaelis, du bist deshalb so verrückt, weil du wieder eingestellt werden willst. Das musste Michaelis von ihm denken. Wie konnte er ihm klarmachen, dass es die Arbeit, nicht die Anstellung war, die ihn bewegte.

»Unser Unterbewusstsein lässt uns mitunter Dinge tun«, hörte er sich sagen, »die unser Verstand nicht steuern kann.«

Michaelis, der sich der Aufgabe, die Büchsen ohne Blutvergießen zu öffnen, ganz hingegeben hatte, sah überrascht auf. Gerade hatte er darüber nachgedacht, was ihn wohl vor das Haus der Ulla Binder getrieben haben mochte. Eine verrückte Welt, dachte er. Wie kam der Alte just in diesem Moment zu so einer sonderbaren Äußerung? Er wagte nicht zu fragen. Also nickte er nur.

»Wir denken zu wenig über uns nach«, sagte er mit belegter Stimme.

»Und wenn wir es tun, sind wir nicht immer ehrlich zu uns«, vollendete Wolf den Satz. Sollte dieser Karrierekletterer aus Saarbrücken etwa ähnliche Entdeckungen gemacht haben?

Sie tranken ihr Bier, redeten wie zwei, die den gleichen Kurs in Psychoanalyse belegt hatten. Das heißt, sie redeten vorsätzlich aneinander vorbei, jeder meinte sich selbst, keiner wollte, dass es der andere mitbekam. Die Verschlüsselungen waren durchschaubar. Und beide wünschten, der Tag möge kommen, da sie ihre Sorgen beim Namen nennen konnten.

Es war fast Morgen, als Wolf die Räuberhöhle seines Chefs verließ. Statt nach Haus zu gehen, nahm er sich ein Taxi und ließ sich zum Präsidium fahren. Hinter den

Fenstern der Kriminaltechnik sah er Licht. Es verführte ihn zu der verwegenen Hoffnung, man könnte fündig geworden sein.

Es war tatsächlich so. Man hatte im Polster des Wagens, an der Innenseite zwischen Beifahrer- und Fahrersitz, ein Haar gefunden. Wem es gehörte, ob es mit den Haaren der Toten identisch war, konnte erst im Labor, mit Vergleichsmaterial, festgestellt werden. Man hatte auch eine Wollfaser gesichert. Ihre Herkunft musste untersucht und bestimmt werden. Er musste Geduld haben.

Die Frau, die Michaelis am Fenster gesehen hatte, war nicht Ulla Binder, es war Christa Windeck. Sie machte sich Sorgen um die stille, wie leblos wirkende Frau. »Gott ist tot, er sprach zu uns, und nun schweigt er.« Dieses Wort von Jean Paul Sartre war ihr eingefallen, als sie ihr gegenübersaß und nicht so recht wusste, worüber sie mit ihr reden sollte. Zu später Stunde hatte sie dann ein Taxi gerufen. Als sie aus dem Fenster nach dem Wagen Ausschau hielt, sah sie einen Mann auf dem Bürgersteig, der angestrengt nach oben blickte. Sie erkannte den Kommissar erst, nachdem er in den Lichtkreis der Laterne geraten war. Christa Windeck war beunruhigt, was hatte das zu bedeuten? War es ein Zufall, der ihn vor das Haus geführt hatte? Oder handelte es sich ganz einfach um das Interesse eines Mannes für eine Frau? Eine bizarre Vorstellung. Aber wer kann die Gefühle der Menschen erklären.

Christa Windeck, die resolute Tierärztin, die in ihrem Beruf handfest und stark zu sein hatte, wurde plötzlich weich und gefühlvoll. Sie hätte viel darum gegeben, dieses zarte Band, das sich vielleicht geknüpft hatte, zu beschützen. Wenn es sich ergab, wollte sie behutsam ein wenig nachhelfen.

Am nächsten Tag ging sie zu Michaelis. Zu ihrer Verwunderung begrüßte er sie mit freundlicher Neugier. »Schön Sie zu sehen, Frau Dr. Windeck.«

»Na, jetzt übertreiben Sie aber! In Wirklichkeit haben Sie Angst, ich könnte Ihnen die Zeit stehlen.«

Sie setzte sich vor seinen Schreibtisch, sah ihm ungeniert in die Augen. »Ich wollte nur wissen, wie weit Sie vorangekommen sind.«

Er zeigte die Spanne zwischen gespreiztem Daumen und Zeigefinger. »So weit.«

»Heißt das, Sie haben eine Spur?«

Er nickte, nahm sich aber gleichzeitig vor, auf der Hut zu sein, er durfte nicht mehr sagen, als unbedingt notwendig.

»Das wird Frau Binder Auftrieb geben«, erwiderte Christa Windeck. »Sie fängt erst wieder an zu leben, wenn der Mann gefasst ist. Verstehen Sie das?«

Michaelis nickte.

»Ich weiß nicht, ob Sensibilität ein Fluch oder eine Gnade ist«, sagte Christa Windeck. Sie stand auf. »Ich mache mich aus dem Staub. Sie haben zu tun.« Sie ging zur Tür. Mit der Klinke in der Hand drehte sie sich noch einmal zu ihm um.

»Bleiben Sie eigentlich hier, oder gehen Sie zurück nach Saarbrücken?«

So direkt hatte ihn das noch niemand gefragt. Er überlegte einen Augenblick. »Hier will man mich nicht gehen lassen, und dort will man mich nicht mehr haben.«

Sie sah ihn ungläubig an. »Sind heimkehrende Buschkämpfer zu Haus unerwünscht?«

»Es hat etwas mit der Hierarchie zu tun. Denen ist jeder willkommen, der wegbleibt. Da gehen die Beförderungen schneller vonstatten.«

»Also werden Sie Brandenburger, prima, find ich gut! Dann lade ich Sie ein, kommen Sie doch mal zu uns. Wir haben einen Videofilm über Brandenburg. Schließlich müssen Sie Ihre neue Heimat kennen lernen. Es ist ein schönes, stilles Land.«

Michaelis wusste nicht, wie er sich verhalten sollte. Konnte er da einfach hingehen, in so engen Kontakt mit einer Ostfamilie treten. Welche Art Diskussion erwartete ihn da?

Ganz nebenbei sagte Christa Windeck. »Wenn es Sie nicht stört, würde ich Ulla Binder dazu einladen. Sie muss unter die Leute.«

Das Telefon klingelte, bevor Michaelis abnahm, sagte er schnell. »Gut, ich komme. Und Dankeschön!«

18

Wenig später stand fest, dass das Haar, das man auf den Polstern zwischen Fahrer- und Beifahrersitz gefunden hatte, von der Ermordeten stammte. Auch die gefundene Wollfaser war mit dem Wollgemisch des Pullovers der Getöteten in Struktur und Farbe identisch. Norbert Michaelis fühlte sich bestätigt, fast übermütig kommentierte er das Ergebnis. Kurt Wolf empfand die Euphorie seines Chefs als voreilig, unangebracht und gefährlich. »Was ist ein Haar, gar nichts«, sagte er, »ein Haar ist kein Fingerabdruck. Und die Wollfaser lässt vermuten, aber sie beweist nichts. Wie viele Pullover dieser Art mag es wohl in Deutschland geben? Ihre Genugtuung, Herr Michaelis, wirkt wie die eines Laien, der nicht weiß, wie schnell ein guter Anwalt solche Beweise ad absurdum führt.«

»Das Mädchen saß in seinem Auto, das steht fest«, widersprach Michaelis gereizt.

»Was nicht beweist, dass er sie umgebracht hat.«

»Wir finden den Beweis, da bin ich sicher«, sagte Michaelis. »Im Übrigen sind die Verdachtsmomente so schlüssig, dass wir auf jeden Fall einen Haftbefehl bekommen. Und dann kneten wir ihn weich.«

»Ihr Wort in Gottes Ohr. Bevor er nicht rechtskräftig verurteilt ist«, nörgelte Wolf, »glaube ich an gar nichts.«

Gegen Mittag wurde Kunze dem Haftrichter vorgeführt, der ihm den Haftbefehl verkündete. Er sei, sagte der Richter, hinreichend verdächtig, die Studentin Marie Binder am 17. Februar getötet zu haben.

Attila Kunze schwieg zu diesem Vorwurf. Er sah blass und verwildert aus. Er bat darum, seine Frau zu benachrichtigen und ihm einen Anwalt zu besorgen. Dann wurde er in seine Zelle zurückgebracht.

Kurt Wolf übernahm es, Steffi Kunze zu informieren. Sie tat ihm leid, sie war eine Frau, die einen besseren Partner verdient hatte. Einen, der die Vorzüge dieser Frau zu würdigen gewusst hätte. Steffi Kunze war gradlinig und unverdorben. Sie war an den falschen Mann geraten.

Kurt Wolf klingelte an der Haustür. Steffi öffnete so hastig, als habe sie seit langem auf dieses Klingeln gewartet. Die Enttäuschung stand ihr ins Gesicht geschrieben, als sie den Kriminalisten erkannte. Sie hatte ihren Attila erwartet.

»Was ist mit meinem Mann?«, fragte sie, noch bevor Wolf sie begrüßen konnte. »Halten Sie ihn immer noch fest?«

Wolf wollte der Frau die schreckliche Nachricht behutsam beibringen. Der Korridor, so schien ihm, war nicht der richtige Ort dafür. »Darf ich reinkommen?« Um Zeit zu gewinnen, fügte er hinzu: »Ich war im Funkhaus, der Nachrichtenmann bestätigte mir seinen Versprecher.«

»Das ist ja ungeheuer interessant«, knurrte sie, »deshalb kommen Sie extra her? Ich will endlich wissen, was mit meinem Mann geschieht. Warum kommt er nicht nach Hause?«

Wolf war ihr ins Wohnzimmer gefolgt. Sie bot ihm keinen Platz an. Er dachte, wenn ich es ihr jetzt sage, kippt sie um. »Wollen wir uns nicht setzen?«

Steffi Kunze hatte nicht vor, besonders liebenswürdig zu sein. Kühl deutete sie auf einen Sessel und blieb selbst demonstrativ stehen.

Kurt Wolf kannte das. Es war eine Art Kassandra-Effekt. Menschen in einer solchen Situation spüren instinktiv das Unheil, das auf sie zukommt, sie übertragen ihre Ängste auf den, der ihnen die Nachricht überbringt.

»Bitte«, sagte Wolf, »setzen Sie sich auch.«

Steffi Kunze band die Schürze ab, hockte sich vorsichtig auf die Kante des Sessels.

»Ihr Mann wurde heute in Haft genommen«, sagte Wolf so sanft wie möglich. Doch auch die größte Behutsamkeit konnte den Inhalt seiner Worte nicht gefälliger machen.

»Nein!«, schrie sie. »Was wirft man ihm vor«

»Er wird beschuldigt, ein junges Mädchen ermordet zu haben.«

Steffi Kunze erstarrte in ihren Bewegungen. Alles Blut war aus ihrem Gesicht gewichen. »Sie lügen, Sie haben von Anfang an gelogen. Nichts von dem stimmte, was Sie mir gesagt haben. Alles war erlogen. Und nun lügen Sie wieder. Mord! Zu so einer Tat ist mein Mann gar nicht fähig.« Sie weinte.

»Die Untersuchung hat erst begonnen.«

»Haben Sie Beweise? Irgendwelche?«

»Die Untersuchung hat erst begonnen«, wiederholte Wolf.

»Das kann nicht sein, nein, das ist ein furchtbarer Irrtum.«

Wolf fühlte sich hundeelend. Leise fragte er: »Können Sie ihm einen Anwalt besorgen?«

Das Wort Anwalt schien eine besondere Art von Hoffnung in ihr auszulösen. »Ich besorge ihm den besten Anwalt, den es hier gibt. Sagen Sie ihm das.«

Sie drückte die Schürze, die sie immer noch in der Hand hielt, gegen die Augen. »Es ist alles so unfassbar«, sagte sie mit dünner Stimme.

»Solange er nicht verurteilt ist ...«, Wolf vollendete den Satz nicht, er hätte gegen seine Überzeugung gesprochen, obwohl die Frau ihm aufrichtig leidtat.

Am späten Nachmittag meldete sich ein Anwalt bei Michaelis, der den Fall Attila Kunze übernehmen wollte. Er hieß Rüdiger Lehmbrock, sprach rheinischen Dialekt und tat so, als langweilte ihn die Verteidigung eines mutmaßlichen Mörders.

Das stark gelichtete Haar, über dem Ohr gescheitelt, war fast gänzlich über den Schädel gestriegelt. Er machte auf Michaelis den Eindruck eines blasierten Studienrats.

Wo hatte Frau Kunze diesen Mann bloß aufgegabelt. An den konnte sie nur durch einen dummen Zufall geraten sein. Sehr viel später, als der Prozess schon im vollen Gange war, erfuhr Michaelis, dass es die Mutter der Steffi Kunze war, die ihn der Tochter empfohlen hatte.

»Ich nehme an«, sagte der Anwalt, »Sie sind ein Ostpolizist.«

Diese Frage versetzte Michaelis in Wut. Zum ersten Mal bekam er jene Art westlicher Geringschätzung zu spüren, die ehemaligen Volkspolizisten entgegengebracht wurde.

»Hat das für den Fall irgendeine Bedeutung?« Lehmbrock war von seinem abweisenden Ton keineswegs beeindruckt.

»Ich arbeite lieber mit Leuten zusammen, die aus dem Westen kommen.«

»Dann hätten Sie vielleicht im Westen bleiben sollen.«

»Keine Animositäten, Herr Kommissar, nicht schon am ersten Tag. Wenn mich mein Ohr nicht täuscht, sind Sie Saarländer, stimmt's? Aber wohl schon total auf Ostkurs, wie?«

Er zwinkerte Michaelis zu, was der Kriminalist anmaßend und unangebracht fand.

Zunächst hatte Michaelis gedacht, der Mann habe eine gewisse Ähnlichkeit mit einem Frettchen. Jetzt korrigierte er sich. Er ist ein Frettchen. Michaelis erklärte dem Anwalt, von ihm könne er keine Akteneinsicht erwarten, da müsse er sich schon an die Staatsanwaltschaft wenden. Lehmbrock schluckte die Abfuhr ohne Schwierigkeiten. Er werde für seinen Mandanten ohnehin Haftverschonung beantragen.

Später erfuhr Michaelis, dass der Staatsanwalt den Antrag wegen Verdunkelungsgefahr abgelehnt hatte.

Zwei Wochen saß Attila Kunze schon in Untersuchungshaft, als Steffi eine Besuchserlaubnis bekam. Sie hatte Magenschmerzen, der Kopf tat ihr weh. Sie war um Jahre gealtert. Die Verhaftung ihres Mannes empfand sie als schweren Schicksalsschlag, den sie glaubte nicht überwinden zu können. Über den Fall, so sagte man ihr, dürfe sie mit ihrem Mann nicht reden. Aber genau das hatte sie vorgehabt. Sie wollte von ihm wissen, ob er das Mädchen umgebracht hatte.

Der Gang zum roten, heruntergekommenen Backsteinbau, die Kontrollen, denen sie sich aussetzen musste, und die grenzenlose Scham, die sie empfand, machten sie krank und wütend zugleich. Was hatte er ihr nur angetan! Wie klein hatte er sie gemacht, und wie elend fühlte sie sich. Zwar glaubte sie immer noch nicht, dass er ein Mörder sein könne, weil sie einfach nicht in der Lage war, sich das vorzustellen. Aber ein richtiger Mann, davon war sie felsenfest überzeugt, durfte nicht einmal in einen solchen Verdacht geraten.

Dann saß sie ihm gegenüber. Er sah verwahrlost aus, als hätte er sich weder gewaschen noch rasiert. Seine Augen lagen tief in ihren Höhlen. Er sah sie nicht an. Sein Blick war auf das Wasserrohr gerichtet, das sich unter der Decke entlangzog. Sie zuckte die Achseln.

»Wie lange wirst du hier bleiben müssen?«

Er schwieg. Plötzlich schrie er sie an. »Du bist schuld an allem. Warum hast du nicht geschwiegen?«

Steffi starrte ihn minutenlang an. »Also hast du es getan.« Ganz langsam stand sie auf und wandte sich zur Tür. »Trotzdem möchte ich dir helfen.«

»Schöne Worte am Grabe des Verstorbenen«, antwortete er bitter.

Weil Steffi glaubte, die Last nicht allein tragen zu können, bat sie die Eltern zu kommen. Sie bereute es schon bald. Die Mutter zerstörte in ihrer unüberwindlichen Abneigung gegen den Schwiegersohn alle Hoffnungen der Tochter.

»Er ist kein guter Mensch«, sagte die Mutter brutal, »er war es nicht und wird es auch nie sein. Ich habe dich vor ihm gewarnt. Er ist ein Angeber und Weiberheld. Das sieht man an seinen gefräßigen Augen.«

»Willst du ihn damit schon als Mörder verurteilen?«

»Ich fürchte, er war hinter dem Mädchen her. Ob er ein Mörder ist, weiß ich nicht. Aber ein Feigling ist er, vermutlich wollte er sie vergewaltigen. Weil er fürchten musste, es könnte rauskommen, hat er sie umgebracht, aus Angst, denk ich.«

Steffi hatte sich vor dem moralischen Rigorismus der Mutter schon immer gefürchtet. Deren Art, die Welt ausschließlich rational zu betrachten, hatte ihr Angst gemacht. Sie suchte die Nähe des Vaters. Er war ein ruhiger Mann, weichherzig und voller Mitgefühl für die Tochter. Aber er beugte sich dem Diktat seiner Frau.

Irgendwann kam Sandra. Sie hatte gerötete Augen, war hilflos, als suchte sie eine Erklärung für das, was da geschehen war. Steffis Mutter betrachtete die junge Blondine mit den kalten Augen einer Amsel. Sandra litt unter der Atmosphäre, die so eisig war, dass sie anfing zu frieren. Als sie ging, sah die Mutter ihr nach und sagte: »Die Liebe ist Gottes heilige Stiftung.«

Steffi wusste, was die Mutter damit sagen wollte, reagierte ärgerlich. »Du irrst dich, Mutter.«

»Sie hatte ein Verhältnis mit ihm. Du hast es gewusst oder doch wenigstens geahnt.«

Steffi schwieg. Tränen standen ihr in den Augen. In diesem Augenblick hasste sie die Mutter, die rechthaberisch auf ihrer Seele herumtrampelte.

»Wir müssen überlegen«, sagte die Mutter, »wie es mit dem Geschäft weitergehen soll.«

»Du glaubst also, dass er nicht wiederkommt.«

»Damit muss man rechnen. Wenn er wirklich schuldig ist, wenn er das junge Mädchen getötet hat, musst du dich von ihm trennen. Wie gut, dass wir das Haus auf dich eintragen ließen.«

Steffi hatte an alles gedacht, nur nicht an diese Dinge, nicht an das Geschäft, nicht an das Haus, schon gar nicht an Scheidung. Sie nickte und dachte, ich bin doch wohl Vaters Tochter.

19

Obwohl Norbert Michaelis mit einer schwer zu erklärenden Ungeduld auf den Tag gewartet hatte, an dem er zu Ulla Binder sagen konnte: Wir haben den Mörder Ihrer Tochter gefasst, zögerte er. Für sie war es der Beginn neuer Leiden. Er fürchtete auch, ihm könnte ein unbedachtes Wort entschlüpfen, das jene Brücke zerstörte, die zwischen ihnen entstanden war. Obwohl er die kritisch-impulsive Art seines Partners Kurt Wolf nicht mochte, er sich von ihm nicht gern belehren ließ, erinnerte er ihn: Ich habe Frau Binder versprochen, sie zu informieren, wenn wir den Täter haben.

»Haben wir ihn denn?«, fragte Wolf zurück.

»Sie zweifeln immer noch?«

»Wollen Sie nicht warten? Das wäre klüger und sicherer. Die Frau könnte die Nerven verlieren.«

»Die nicht, sie hat sich in der Gewalt.«

»Sie wollen ihr doch nicht etwa den Namen des Mannes nennen. Wissen Sie denn nicht, was dann passieren könnte?«

»Wolf, verdammt noch mal«, sagte Michaelis aufgebracht, »für wen halten Sie mich eigentlich.«

»Frau Binder ist einer starken seelischen Belastung ausgesetzt. Dabei arbeitet das vegetative Nervensystem auf Hochtouren. Diese permanente Überaktivität kann zu Fehlreaktionen führen.« Kurt Wolf wollte seinen Chef nicht belehren, aber er wollte auch nicht, dass er Ärger bekam.

»Sie kennen die Frau doch gar nicht. Sie ist anders als alle anderen, die ich kenne«, beharrte Michaelis.

Wolf sah den Kommissar irritiert an. Was waren das für Töne? In welchem Verhältnis stand er zu Ulla Binder?

»Was ich versprochen habe«, sagte Michaelis trotzig, »halte ich auch.« Trotzdem spürte er, dass Wolf ihn beschützen wollte. Das war eine neue Entdeckung. Er fragte sich, ob alle seine Saarbrücker Kollegen so gehandelt hätten.

»Soll ich mitkommen?«, fragte Wolf. »Ich könnte ja aufpassen, dass nichts schiefgeht.«

Michaelis winkte ab. »Ich schaffe es schon allein.«

Bevor er sich auf den Weg in die Schillerstraße machte, rief er bei Ulla Binder an. Eine leise, gleichgültige Stimme meldete sich, die ohne Neugierde, ohne Erwartung war. Sie freue sich, dass er anrufe.

Sie sagte es ohne Schwung. Natürlich freue sie sich, ihn zu sehen. Das war nichts weiter als eine Floskel, eine ebenso eingeübte wie abgenutzte Redensart. Trotzdem erzeugte sie bei ihm verhaltene, vorsichtige Freude. Er glaubte, herausgespürt zu haben, dass Leben in ihre Stimme gekommen war, als er seinen Besuch ankündigte.

»Wann ist es Ihnen recht?«, fragte er artig. Sie antwortete. »Ich habe immer Zeit.«

Einen Moment schwankte er, ob er Blumen kaufen sollte. Stellte sich vor, was dieser Knurrhahn Wolf dazu gesagt hätte, und ließ es. Er läutete Punkt 17 Uhr. Five-o-clock-tea-time, dachte er.

»Wie geht es Ihnen«, fragte Ulla Binder, als er vor ihr stand. Es klang, als interessiere es sie wirklich.

»Ich habe mich eingelebt in dieser Stadt«, sagte Michaelis. Beinahe hätte er hinzugefügt: »Und die Arbeit macht mir Spaß.« Zum Glück wurde ihm bewusst, wie taktlos das gewesen wäre.

»Unsere Stadt«, sagte Ulla Binder, »ist eine Stadt ohne Charakter. Als sie noch eine Kleinstadt war, war sie liebenswert in ihrer kleinbürgerlichen Beschränktheit. Jetzt ist sie Großstadt, aber das rein rechnerisch, weil sie hunderttausend Einwohner hat. Ihrem Wesen, ihrer kulturellen Ausstrahlung nach ist sie Kleinstadt geblieben. Der Bürgermeister nennt sich Oberbürgermeister. Vielleicht bekommt er mehr Geld. Aber das ist schon alles.«

Michaelis betrachtete sie andächtig. Ihm schien, als wäre sie kleiner geworden, schmaler. Ihre Augen waren braun und sanft, das Haar trug sie glatt nach hinten gekämmt. Sie hatte schwarze Hosen und einen schwarzen Pullover an, über ihrer Schulter lag ein dunkelrotes Tuch. Sie setzten sich an einen kleinen runden Tisch, auf den sie Teetassen gestellt hatte und eine Schale brauner und heller Kekse.

Ob er so viel Zeit habe, fragte sie im Ton freundlicher Unnahbarkeit, eine Tasse Tee mit ihr zu trinken. Er nickte dankbar.

Während sie in der Küche war, hatte er Zeit, sich umzusehen. An den Wänden standen Bücherregale. Er defilierte an ihnen vorbei mit dem schmerzlichen Gefühl der Unterlegenheit. Welchen Stellenwert mochte Literatur in ihrem Leben haben? Er fühlte sich fremd in dieser

Welt des konservierten Geistes. Er nahm den Band einer Ausgabe »Deutsche Literatur von den Anfängen bis 1700« aus dem Regal, schlug ihn auf. Unter dem Titel stand: Ausgewählt und mit einem Vorwort versehen von Dr. Ulrike Binder. Michaelis las die ersten Verse des Hildebrandsliedes und erinnerte sich seiner Zeit auf dem Gymnasium. Damals hatte er sich vorgenommen, nie wieder an die Relikte dieser untergegangenen Welt zu denken. »Ik gihorta dat seggen …« O Gott, nein, dieses Althochdeutsch, wie hatte er es gehasst!

Nun wünschte er, mehr darüber zu wissen. Er wollte dieser Frau ebenbürtig sein.

Er hörte nicht, dass sie zurückgekommen war. Sie setzte das Tablett ab und kam zu ihm. »Mögen Sie Althochdeutsch? Sie haben es sicher in der Schule gehabt?«

»Da ist nur noch eine dunkle, sehr vage Erinnerung.«

Ulla Binder lächelte. Es war das erste Mal, dass er sie lächeln sah. Sie wirkte jünger, stellte er überrascht fest.

»Es war Maries Lieblingsfach. Sie enträtselte die Sprache, als käme sie damit hinter das Geheimnis des Lebens.«

Die Erwähnung der Tochter brachte Michaelis auf den Boden seiner trüben Wirklichkeit zurück. Er stellte das Buch ins Regal zurück. Jetzt, dachte er, muss ich wohl sagen, was zu sagen ist. Es schien ihm plötzlich unangemessen, über das Nibelungenlied zu reden.

»Ich bin gekommen«, sagte er stockend, »Ihnen zu sagen, dass wir einen Mann festgenommen haben, der im Verdacht steht, Ihre Tochter getötet zu haben.«

Ulla Binder wurde blass. Ihre Augen verengten sich,

und ihre Stimme schien ihr nicht mehr gehorchen zu wollen.

»Erzählen Sie«, bat sie leise.

»Mehr kann ich Ihnen nicht sagen. Noch nicht!«

Sie schien es nicht gehört zu haben. »Ich will ihn sehen.«

»Sie müssen warten, bis der Prozess beginnt.«

»Hat er Familie?«, fragte sie unbeirrt.

»Eine Frau und zwei Kinder.«

Sie sah ihn entgeistert an. »Ist er ein Wahnsinniger?«

»Das wird die psychiatrische Untersuchung ergeben. Er wird auf seine Schuldfähigkeit untersucht.«

»Wie denkt er, wie reagiert er. Ist er ein primitiver Mensch, der sich nicht artikulieren kann?«

»Durchaus nicht, er ist intelligent, übrigens mit Hochschulabschluss und einem Diplom. Ein Mörder sieht nicht unbedingt aus, wie wir uns einen Mörder vorstellen.«

»Wann haben Sie ihn verhaftet?«

»Zunächst haben wir ihn festgenommen. Innerhalb von 24 Stunden müssen wir so viel Beweismaterial vorlegen, dass ein Haftbefehl ausgesprochen werden kann.«

»Und das ist jetzt geschehen?«, fragte sie. »Wie lange gilt der Haftbefehl?«

»Bis wir alle Beweise haben.«

»Und, werden Sie es schaffen?«

»Ich bin sicher«, entgegnete Michaelis. Er glaubte an das, was er sagte.

»Hat er ein Geständnis abgelegt?«

»Nein, er bestreitet die Tat. Aber wir haben eine Menge Indizien.«

»Indizien«, sie sprach das Wort aus, als wollte sie es unbrauchbar machen. »Wenn er einen raffinierten Anwalt hat …« Sie brachte ihren Gedanken nicht zu Ende.

Erst viel später sollte sich Michaelis an diesen Satz erinnern. Als er das Haus in der Schillerstraße verließ, dachte er, Menschen wie sie leben im Einklang mit sich selbst.

20

Wenige Tage nach dem Besuch bei ihrem Mann in der Haftanstalt rief Steffi Henry Abraham an. Ihr war bewusst geworden, dass sie etwas unternehmen musste, wenn das Geschäft nicht bankrott gehen sollte. Schon blieben erste Kunden weg, Verträge wurden gekündigt. Man fragte an, ob überhaupt noch mit Lieferungen gerechnet werden könne. Sollte sie das Geschäft allein weiterführen? Würde Attila zurückkommen? Oder war er wirklich schuldig?

Sie konnte diese Frage nicht beantworten, der Zwiespalt ihrer Gefühle war groß. Es wechselte die Gewissheit von seiner Unschuld mit dem Zweifel daran. Hatte er das Mädchen umgebracht?

Was immer auch geschah, sie musste den Kindern und sich eine Existenz sichern. Dabei sollte ihr Henry Abraham helfen.

Der Anruf hatte Henry nicht überrascht, eigentlich hatte er ihn schon früher erwartet. Attila saß lange genug in Untersuchungshaft, dass man das Schlimmste befürchten musste. Er, Henry Abraham, der von der Wende schwer getroffene, arbeitslose Chemiker, war fest entschlossen, seine Chance zu nutzen.

»Ich wäre dir dankbar«, hatte Steffi am Telefon gesagt, »wenn du ein paar Minuten Zeit für mich hättest.«

Sie hatte nicht gesagt, er solle seine Frau mitbringen.

Wahrscheinlich war ihr bekannt, dass Sandra um eine Besuchserlaubnis gebeten hatte. Er wollte nicht Detektiv spielen, früher nicht und jetzt auch nicht. Dazu war er zu müde. Er ahnte schon damals, als er Attila mit Sandra bekanntmachte, dass der auf sie, die gut aussehende Frau fliegen würde. Es schmerzte ihn, wenn er beide im vertrauten Gespräch beieinander sah. Hundertmal hatte er mit der Faust auf den Tisch hauen wollen. Aber er war zu schwach.

Er schwieg auch deshalb, weil er insgeheim hoffte, Attilas Partner zu werden. Nun belohnte das Schicksal seine Geduld. Ich bin am Ziel meiner Wünsche, dachte er und schämte sich ein bisschen.

Am Sonntagnachmittag machte Henry Abraham einen Spaziergang durch die Siedlung. Mein Leben ist wie diese Siedlung, scheintot. Zwei Jahre ohne Arbeit ist wie zwei Jahre nicht zu leben.

Nun könnte alles anders werden. Wie sollte sein neues Leben aussehen. Am besten wäre, sich für Steffi unentbehrlich zu machen. Ihr Helfer, Freund, Vertrauter, vielleicht Liebhaber und irgendwann sogar Ehemann zu sein. Und Eigentümer des Unternehmens.

Dazu allerdings müsste Freund Attila im Zuchthaus Wurzeln schlagen. Auf Mord stand lebenslänglich. Er grinste, das Leben war hart, aber gerecht. Es gab da noch eine andere Variante.

Er könnte die Geschäfte so führen, dass die Firma Kunze Konkurs anmelden musste. Stattdessen würde die Firma Abraham wie Phönix aus der Asche steigen. Steffi verstand etwas von Buchhaltung, von Technik verstand sie nichts. Man musste geschickt und risikobereit sein, dann war es ein leichtes Spiel.

Beim Weiterlaufen kam ihm der Verdacht, dass er eigentlich ein ziemlich mieses Schwein sei. Er plante Betrug, Verrat, Untreue wie andere Leute den Kauf eines Fernsehers. Was soll's, wir leben unter dem Wolfsgesetz. Jeder ist sich selbst der Nächste. Wer zwei Jahre arbeitslos war, darf die Ellbogen benutzen. Wer zwei Jahre lang jeden Tag das tödliche Gefühl niederkämpfen musste, eine Null zu sein, nicht mehr gebraucht zu werden, kann mit dem Wort Moral nicht viel anfangen.

Attila war sein Freund. Aber was galt Freundschaft heute? Als sie noch Studenten waren, teilten sie Wohnung, Geld, Ärger, Geheimnisse und manchmal sogar die Freundin. Nun ist Freundschaft nur noch ein leerer Wahn. Wenn du einen Freund brauchst, kauf dir einen Hund. Nach der Wende zerbrach die schöne Gemeinschaft. Attila hatte kaum noch Zeit, baute sein Unternehmen auf, ohne mit Henry darüber zu reden. Erst als das Schild am Haus prangte, bat er zur Einweihungsparty. Er hatte ihm nie eine Chance gegeben, in das Geschäft einzusteigen. Fachlich war er ebenso gut wie Attila, vielleicht nicht so geschmeidig, das musste er neidvoll zugeben. Aber sonst stand er ihm in nichts nach.

Dann nahm ihm der Freund noch die Frau. Er hatte zugesehen und geschwiegen. Als sich ihr Verhältnis langsam wieder normalisierte, wurde Attila eingesperrt. Sollte er es wirklich fertigbringen, die gemeinsamen

Jahre zu vergessen und den in Schwierigkeiten Geratenen um alles betrügen? Im beruhigenden Bewusstsein, dass er zu solch einer Lumperei doch nicht fähig sei, klingelte er an Steffis Tür.

Die Unterredung verlief nach Henrys Wünschen. Steffi bat ihn, das Kommando zu übernehmen. Er sollte weiterführen, was Attila aufgebaut und mit glücklicher Hand geleitet hatte.

»Du gehst also davon aus«, hatte er gesagt, »dass Attila nicht so bald nach Hause kommt.«

»Ich habe keine Ahnung, was wirklich passiert ist«, antwortete sie. »Er streitet jede Schuld ab. Ich habe ihm einen Brief geschrieben. Wenn er schuldig ist, solle er sich dazu bekennen.«

Attila tat ihm leid, aber das Gefühl hielt nicht lange an. Henry war fest entschlossen, ein neues Leben zu beginnen, Arbeit so zu erleben, als sei sie der höchste Genuss. Er fühlte sich wohl wie lange nicht.

»Ich werde dich nicht enttäuschen«, sagte er zu Steffi, und es klang wie ein Schwur.

Sie gaben einander die Hand, sahen sich fest in die Augen. Ein beinahe feierlicher Augenblick. Für einen Moment dachte Steffi daran, eine Flasche Wein zu öffnen, mit ihm anzustoßen. Aber dann fand sie es doch unpassend. Erst als Henry wieder gegangen war, trank sie selbst ein Glas. Der Wein schmeckte bitter.

Attila Kunze saß einsam und von Selbstzweifeln geplagt in seiner Zelle. Er sah keine Hoffnung, heil aus der Sache herauszukommen. Nach und nach wurde ihm klar, dass er durch eigene Schuld in diese Lage geraten war.

Er wusste auch, dass er die Tat nicht länger verdrängen durfte. Die Katastrophe vermochte er nicht ungeschehen machen.

Was ist über mich gekommen, warum habe ich es getan. Ist es meine falsche Einstellung zum Leben, zu den Frauen? Ich war verwöhnt, bekam, was ich wollte, mir fiel alles zu. Mein übersteigertes Selbstbewusstsein hing mit meinen beruflichen Erfolgen zusammen. Ich war nicht mehr bereit, die Meinung eines anderen Menschen zu berücksichtigen.

Ich muss ein Warnschild übersehen haben, das mir das Schicksal gestellt hat. Der Mord war die logische Folge meines unbekümmerten Lebens. Ich habe es getan, diese Wahrheit muss ich akzeptieren, damit ich weiterleben kann. Der Wahrheit kann man nicht davonlaufen.

Kurt Wolf hatte Attila Kunze zum Verhör holen lassen. Er bot ihm Kaffee an und Zigaretten. Zwischen ihnen hatte sich mit der Zeit ein gespannter, aber nicht unfreundlicher Ton entwickelt. Wolf wollte in dieser Vernehmung einmal etwas anderes probieren. Es war ein Versuch, er versprach sich einen Durchbruch.

»Wir haben einen Zeugen«, begann er, »der Ihren Wagen auf dem Parkplatz gesehen hat, auf dem sich Marie Binder aufhielt. Und wir haben den Beweis, dass das Mädchen in Ihrem Wagen gesessen hat. Ein Haar von ihr befand sich zwischen Fahrer- und Beifahrersitz Ihres Alfa.«

Kunze erinnerte sich sofort an die Szene im Wagen, als er versuchte, die Gegenwehr des Mädchens zu brechen. Er glaubte dem Kriminalisten, der bluffte nicht.

»Wir fanden außerdem eine Wollfaser, die zweifelsfrei vom Pullover der Toten stammt. Ihre Chancen, Herr Kunze, stehen schlecht.

Doch darüber wollte ich nicht mit Ihnen reden. Sie sollten einmal darüber nachdenken, dass Schuld krank macht. Der Mensch braucht die Sühne, das ist ein Urtrieb, und er braucht die Vergebung. Machen Sie reinen Tisch, bekennen Sie sich zu Ihrer Tat.«

Kunze hatte dem Kommissar zugehört, ihn nicht unterbrochen. Nun lächelte er. Es war ein verlorenes, wehmütiges Lächeln. »Sie haben recht, Herr Kommissar«, sagte er, »ich will es mir durch den Kopf gehen lassen.«

Ein paar Tage später legte Attila Kunze ein Geständnis ab.

21

Die Nachricht, Attila Kunze habe gestanden, war für alle an der Tragödie Beteiligten eine Überraschung. Norbert Michaelis hätte zufrieden sein können, aber in seinem tiefsten Inneren fühlte er sich nicht wohl. Bei den Verhören war er mit dem Verdächtigen ziemlich robust umgegangen, beinahe rabiat. Er wollte sich nichts vormachen lassen, unterbrach ihn mitten im Satz, setzte ihn seinem arroganten Lächeln aus, spickte seine Reden mit kleinen, versteckte Drohungen. Er spielte das Spiel des Überlegenen mit einem, der tief verunsichert war. Vor jedem Verhör machte er sich stark, redete sich ein, nur so, mit Härte und Unnachgiebigkeit, würde er den Mann in die Knie zwingen.

Das Kontrastprogramm sollte Kurt Wolf bieten. Väterlich, sanft, wie auf Katzenpfoten sollte er daherkommen, von Vergebung, Schuld und Sühne reden. Sollte Mutmaßungen anstellen über die Unwägbarkeiten eines Charakters, der in der Stunde der Prüfung versagte.

So war die Vernehmungstaktik abgesprochen. Zum großen Erstaunen von Norbert Michaelis führte die psychologische Methode seines Partners schließlich zum Erfolg. Der alte Wolf sprach mit Attila Kunze über Gott und die Welt, angefangen bei gemeinsamen Bekannten in Lindstadt, das beider Geburtsstadt war. Sie hatten nicht nur dieselben Sportidole, sondern auch dieselben

Ansichten zu all den einschneidenden Veränderungen seit der Wende. Es schien fast, als habe ein fälliges Gespräch zwischen Vater und Sohn stattgefunden und der Sohn sei nun endlich wieder zur Vernunft gekommen.

Die Kripo hatte keine objektiven Beweise, also konnte sie nur ein Geständnis weiterbringen.

Michaelis blickte Wolf ungläubig an. »Wie haben Sie das geschafft? Ich dachte schon, wir müssen ihn wieder laufen lassen.«

Kurt Wolf lächelte. »Es war früher meine erfolgreichste Masche. Man muss ein Vertrauensverhältnis zum Verdächtigen aufbauen. Und ihm das Gefühl geben, dass es leichter ist, reinen Tisch zu machen, als mit einer Schuld zu leben.«

»Kann man dem Frieden trauen?«

»Das Geständnis war für ihn wie ein Befreiungsschlag.«

»Sie meinen, es ist wasserdicht?«, fragte Michaelis.

Wolf musste lachen. Sie hatten früher die gleiche Formulierung gebraucht, damals, als er noch Chef der Mordkommission war. »Ich glaube schon«, sagte er, »Kunze hat Einzelheiten benannt, die nur der Täter wissen kann.«

»Wir müssen ganz sicher sein.«

»Der Brief seiner Frau hat ihn zur Besinnung gebraucht.« Wolf legte seinem Chef das Protokoll mit dem Geständnis vor. Ihm war es gleichgültig, ob er oder Michaelis den Täter überführt hatte. Für ihn war wichtig, dass Kunze vor Gericht kam. Rivalitätsgedanken waren Michaelis bisher fremd gewesen. Jetzt war es anders.

Er hatte sich gewünscht, den Erfolg auf seine Fahne schreiben zu können. War es, weil Wolf, der Ossi, den Sieg errungen hatte, oder hatte es mit Ulla Binder zu tun?

Er klopfte Wolf auf die Schulter, es war eine Geste ernsthafter Anerkennung.

»Dann können wir uns an den Schlussbericht machen. Damit der Staatsanwalt weiß, was er in die Anklage schreiben soll.« Das kam Wolf vertraut vor. »Ich dachte, das sei nur bei uns so gewesen, dass der Staatsanwalt die Anklage vom Schlussbericht abgeschrieben hat.«

Als Steffi Kunze erfuhr, dass ihr Mann den Mord zugegeben hatte, brach eine Welt für sie zusammen. Also doch! Sie hatte auf ein Wunder gehofft. Nun war sie allein mit der Arbeit, dem Geschäft, dem Haus, den Kindern und der Schmach.

Die Leute kannten Attila, schätzten ihn, bewunderten seinen Fleiß. Seit vielen Jahren wohnten sie in der Wald-Siedlung. Die war wie ein Städtchen für sich. Steffi Kunze litt unter der Neugier der Leute. Die Kinder kamen heulend nach Haus, hatten Angst, in die Schule zu gehen. Die anderen Kinder wollten nicht mehr mit ihnen spielen. Die Nachbarn wichen ihr aus, wechselten die Straßenseite, wenn sie sie kommen sahen.

Attila hatte sie einmal eine kühle Natur genannt. Jetzt war sie froh über diese Eigenschaft. Sie wäre sonst verrückt geworden. Nachts, wenn sie wach lag, versuchte sie, sich jenen Abend in Erinnerung zu rufen. Er war ins Haus gekommen und sogleich im Heizungskeller verschwunden. Sie hatte ihn gefragt, was es da zu tun gäbe. Was hatte er darauf geantwortet? Sie wusste es nicht mehr.

Später hatte sie den Vorfall vergessen. Jetzt war es ihr klar: Er hatte die Sachen des toten Mädchens verbrannt, den Anorak und den Rucksack. Und dann den Tag mit Sekt gefeiert. Sie war entsetzt über den Mann, mit dem sie so viele Jahre zusammenlebte. Dieses Entsetzen wandelte sich nun in Wut. Sie fing an, seine Sachen aus dem Bad, dem Schlafzimmer, dem Büro in die Bodenkammer zu schleppen. Dann rief sie ihre Mutter an. Die kannte nur ein Wort, das sie laut und triumphierend in den Hörer schrie: Scheidung.

Seit vielen Wochen war es das erste Mal, dass Ulla Binder die Nacht durchgeschlafen hatte. So, als wäre etwas zum guten Ende gekommen. Aber sie wurde sich über ihre Gefühle nicht klar. Ein Bibelwort fiel ihr ein: Die Rache ist mein, sprach der Herr.

War es das, wonach sie strebte? Weshalb sie innegehalten hatte in ihrem Leben. Die Seele nährt sich von dem, woran sie Freude hat.

Das war keine echte Freude, von der sich ihre Seele nähren konnte. Es war gut, dass der Mann sich zu dem Geständnis durchgerungen hatte. Er musste über sich hinausgewachsen sein, den Kampf um seine Freiheit aufgegeben haben. Niemand konnte nach einer solchen Tat zur Tagesordnung übergehen und weiterleben wie bisher.

Sie begann, ihr Leben neu zu ordnen. Ich werde die Wohnung aufgeben, dachte sie, wegziehen, nach Magdeburg gehen, zu Berta. In ihrer Anwaltskanzlei helfen. Die Nähe der Schwester, ihre Fürsorge – das lohnte den Wandel. Sie würde unter Bertas strenger Fuchtel arbeiten. Doch lieber unter ihrer, als unter einer fremden.

Sie rief die Schwester an, hörte ihr befreites Aufatmen. »Mädel, das ist die beste Nachricht seit langem. Komm bald.«

Ulla dachte, wir sind uns ähnlich in unserem stillen, sturen Selbstbewusstsein. Wir werden uns oft krachen, aber weil wir uns lieben, wird es eine gute Zeit werden. Sie begann sich damit abzufinden, ihren schönen Beruf nicht mehr auszuüben. Sie musste etwas Neues lernen.

Rüdiger Lehmbrock war fest davon überzeugt, dass sein Mandant ein Narr war. Wieso legte der Mann ein Geständnis ab, ohne ersichtlichen Grund? War er dazu gezwungen worden? Diesen Leuten hier war manches zuzutrauen. Oder hatte Kunze eine moralische Gänsehaut bekommen. Auf solche Mandanten konnte er verzichten. Der Reiz dieser Sache lag doch nicht darin, für einen Geständigen eine günstigere Strafe herauszuschlagen oder auf verminderte Schuldfähigkeit zu plädieren. Er wollte einen Freispruch erwirken. Die Indizien zerpflücken.

Und was machte dieser Trottel von Kunze? Verbaut sich den Weg in die Freiheit, reduziert meine Chance, mit einem großen Prozess aufzutrumpfen. Für die Öffentlichkeit waren Indizienprozesse nun einmal die aufregendsten.

Lehmbrock fehlte es nicht an Aufträgen. Die Ostdeutschen hatten zu einem Anwalt aus dem Westen mehr Vertrauen. Sie gingen davon aus, dass sie die größere Rechtssicherheit und die bessere Durchsetzungskraft hatten. Sie glaubten, ein West-Anwalt habe bei einem West-Richter größere Chancen. Und ein Gesetz, das wussten selbst die Ossis, konnte nach mancherlei Arten ausgelegt werden.

Lehmbrock rief seinen Sozius ins Zimmer und übertrug ihm alle Termine für den Tag. »Ich muss in die Haftanstalt, mit meinem Mandanten reden. Er ist dabei, eine Dummheit zu machen.« Und als der Sozius ihn verständnislos ansah, setzte er hinzu: »So ein Geständnis schreit danach, widerrufen zu werden.«

An diesem Tag fanden zwei folgenschwere Unterredungen statt, die das Leben der Beteiligten schmerzhaft und nachhaltig beeinflussen sollten. Das erste Gespräch wurde in einem Restaurant namens China-Town geführt.

Kommissar Michaelis hatte seinen Mitarbeiter zum Essen eingeladen. Was Wolf als noble Geste ansah. Er wäre früher nie auf die Idee gekommen, einen aus der Mordkommission in eine Kneipe zu bitten. Man traf sich zur geselligen Grill-Party im Garten. Die Verabredung zum Essen besaß im Westen offensichtlich eine andere, höhere Bedeutung.

Die beiden Kriminalisten hatten als Vorspeise eine Frühlingsrolle gegessen, mit Rotwein angestoßen, über Frühlingsrolle und Rotwein geplaudert. Plötzlich sagte Michaelis: »Ihr Stern, Herr Kollege, steht gut.«

Wolf lächelte nachgiebig, sagte aber nichts.

Das schien Michaelis zu ärgern. »Wollen Sie denn nicht wissen, warum?«

»Wissen Sie es denn?«, fragte Wolf. Er ahnte, was auf ihn zukam. Die geballte Sympathie der Leute in der Polizeiführung.

»Es ist eine Unart«, entrüstete sich Michaelis, »auf eine Frage mit einer Gegenfrage zu antworten.«

»Es ist die sanfteste Art der Selbstverteidigung«, entgegnete Wolf freundlich.

»Selbstverteidigung haben Sie nicht nötig, Mann, ich habe eine großartige Nachricht für Sie.« Er machte ein Gesicht, als erwarte er, dass ihm Wolf glücklich und dankbar um den Hals falle. »Man hat mich wissen lassen, dass man einem Antrag auf Wiedereinstellung wohlwollend behandeln würde.« Michaelis sah ihn erwartungsvoll an. »Na, was sagen Sie? Ist das nicht toll? Na los, freuen Sie sich«, befahl er. »Damit sind Sie praktisch schon eingestellt.«

Wolf blieb aufmerksam, aber ruhig, machte keine Anstalten, in ein Freudengeheul auszubrechen. Er sagte. »Es ist schwarz und steht vor der Tür, was ist das? Die rosige Zukunft.« Er lächelte in das verblüffte Gesicht seines Chefs. »Das stammt nicht von mir. Es ist von Eugene Ionesco, entspricht trotzdem meinen Empfindungen.«

»Das meinen Sie nicht ernst. Sie schlagen das Angebot

aus? Ich bin enttäuscht. Und um ehrlich zu sein, ich verstehe Sie nicht.«

»So viele meiner Kumpels sind damals rausgeflogen, gute Jungs, arbeitsam, gut ausgebildet, verlässlich. Schriftsachverständige, Daktyloskopen, Fahnder, Kriminaltechniker. Sie arbeiten jetzt als Türsteher in Nachtlokalen, als Taxifahrer oder Wachmänner bei Geldtransportfirmen. Ich will kein privates Happy End. Da käme ich mir verdammt schäbig vor.«

Michaelis brauchte eine Weile, bis er sich von der Überraschung erholt hatte. »Mit allem habe ich gerechnet, aber damit nicht. Das ist wohl ihre besondere Ost-Logik, wie?«

»Es tut mir leid«, sagte Wolf, »vor allem, weil ich gern mit Ihnen gearbeitet habe. Sie sind mir nicht unsympathisch. Seit ich Sie kenne, habe ich meine Meinung über die Wessis relativiert. Wenn alle wären wie Sie, könnten wir mit unserer Besatzungsmacht zufrieden sein.«

»Besatzungsmacht, das wagen Sie mir zu sagen.«

»Ist doch nur Spaß.«

Das Essen kam, und sie waren froh, ihre Aufmerksamkeit ganz und gar auf die Peking-Ente richten zu können.

Etwa zur gleichen Zeit saß Anwalt Lehmbrock seinem Mandanten gegenüber und überschüttete ihn mit Vorwürfen. »So was macht man nicht! Wozu haben Sie einen Anwalt. Sie hätten mit mir reden müssen, bevor Sie ein Geständnis ablegen. Sie haben das Mädchen getötet, nicht wahr? Und Sie wollen freikommen, oder?«

Kunze nickte. »Ich habe es getan.«

»Idiotisch, einen Menschen zu töten, es ist die böseste Sache der Welt. Sie haben einfach die Nerven verloren.«

Kunze nickte. Er fühlte sich klein und schuldbewusst.

»Sie werden widerrufen«, befahl der Anwalt in einem Ton, der keinen Widerspruch duldete.

»Aber …«, stotterte Kunze.

»Nichts aber. Sie widerrufen. Dann bauen wir an Ihrer Verteidigung, klar? Sie kommen raus, das kann ich Ihnen fast garantieren. Indizienprozesse stehen auf wackligen Füßen. Ihre Schuld beichten Sie dem Pfarrer, der liebe Gott wird Ihnen möglicherweise vergeben.«

Kunze reagierte nicht. Er fühlte sich überfahren, war aber nicht unglücklich dabei. War das wirklich eine Hoffnung?

»Hier sind Papier und Kugelschreiber.« Der Anwalt kramte in seiner Tasche. »Sie setzen sich sofort hin und widerrufen das Geständnis. Erklären Sie, dass sie die angegebenen Einzelheiten aus der Zeitung wissen. Wenn man es als Täterwissen auslegt, ist es schwer, die Anklage zu widerlegen.«

22

Ulla Binder betrat den Gerichtssaal. Er war voller Menschen. – Sie saßen erwartungsvoll wie vor einer Theateraufführung. Erwarteten sie Unterhaltung, Nervenkitzel? Wollten sie endlich einmal einen leibhaftigen Mörder sehen? Es hatte sich herumgesprochen, dass der Mann gestanden hatte, das mochte ihre Erwartung schmälern.

Lieber wäre ihnen gewesen, den Mörder unter der Beweislast zusammenbrechen zu sehen. Diese Show war ihnen nun gestohlen. Den Verteidiger hielten sie für überflüssig. Der war gerade gut, den Prozess zu verschleppen. Wie oft hatten diese notorischen Prozessbesucher erlebt, dass einer freikam, obwohl sie doch ganz fest von seiner Schuld überzeugt waren. Daran waren nur die Verteidiger schuld. Der Staatsanwalt dagegen gefiel ihnen. Je mehr er auftrumpfte und je lauter er sprach, desto spannender wurde es. Wie im Fernsehen. Doch noch aufregender war die Wirklichkeit.

Es waren meist Arbeitslose, die da saßen. Sie hatten sich Fachwissen in der Strafprozessordnung angeeignet, waren geübt in der Beurteilung der Fälle. Und eigentlich war ihnen jedes Urteil zu mild. Von dieser neuen Art der Freizeitbeschäftigung, die sich seit der Wende entwickelt hatte, wusste Ulla Binder nichts. Sie fragte sich verstört, was diese Menschen wollten, wer sie waren. Keiner von ihnen hatte Marie gekannt.

Es dauerte eine Weile, bis Ulla begriff, dass es nackte,

undifferenzierte Neugier war, die die Leute hergetrieben hatte. Sie entweihten den großen Augenblick der Rache, das letzte Kapitel einer Tragödie.

Es widerstrebte ihr, sich zu ihnen zu setzen. Eine von den Neugierigen zu sein, die die Gerichtsverhandlung auf eine kostenlose Vorstellung reduzierten. Die Gewissheit, dass der Mörder ihrer Tochter bestraft, für seine Tat büßen musste, war für Ulla die einzige Möglichkeit, weiterzuleben.

Eine korpulente Frau mit schwarzem Krauskopf winkte Ulla heran. Sie räumte ihre Sachen von einem Stuhl, den sie offensichtlich für eine andere freigehalten hatte. Ulla schob sich durch die Reihe und setzte sich hin. In diesem Augenblick kam Bewegung unter die Zuhörer. Durch die Tür im vorderen Teil des Saales wurde der Angeklagte hereingeführt. Er war dunkelhaarig, groß, hatte breite Schultern, trug ein helles Jackett, ein weißes Hemd und eine rote Krawatte. Ein Mann, der aussah, als könnte man ihm bedenkenlos Haus und Hof anvertrauen. Das also ist er, dachte Ulla, und ihr Herz krampfte sich zusammen. Dieser Mann hat mein Kind getötet. Sie spürte den Schmerz so elementar wie am Tag, an dem sie vom Tod der Tochter erfuhr. Nichts im Leben ist heiliger als das Sterben. Er hatte diesen Vorgang verletzt, seine Würde beschädigt. Der intimste Akt wurde zum Spektakel herabgewürdigt.

Man nahm ihm die Handschellen ab. Er rieb sich die offenbar schmerzenden Gelenke. Der Uniformierte wies ihm einen Platz auf der Anklagebank zu. Die anderen Wachmänner setzten sich, dem Auftrag gemäß, rechts und links neben ihn. Er saß, den Kopf gesenkt, als studiere er die Holzmusterung des Tisches. Seit Wochen dachte Ulla an den Augenblick, da sie ihm gegenübersitzen, ihn studieren, in ihm lesen könnte. Sie wollte wissen, wie er zu seiner Tat stand, was er über Marie zu sagen hatte, wie er sie heute, aus der Distanz von sechs Monaten, sah. Sie wollte es nicht wahrhaben, dass alles nur eine Kette unglücklicher Zufälle gewesen sein könnte. Das war zu simpel, der Ungeheuerlichkeit des Geschehens nicht adäquat. Es musste einen höheren Sinn geben, eine Vorbestimmung, irgendetwas, das Maries Tod heraushob aus der Niederung eines zufälligen, banalen Vorganges.

Die Leute im Saal standen zwischen ihm und ihr, zerstörten die Atmosphäre, füllten den Raum mit Getuschel und Geraschel, mit Kichern und verhaltenen Rufen von Reihe zu Reihe.

Wenn der Mann, der vor ihr in der Reihe saß, sich bewegte, verlor sie den Angeklagten aus dem Blick. Es widerstrebte ihr, sich nach der Art ihrer Nachbarin hin und her zu biegen und zu beugen, um ihn wieder ins Bild zu bekommen.

Ein Mann erschien im Saal. Er bewegte sich elastisch, betrachtete das Publikum mit geübtem Blick. Er trug eine kofferähnliche Tasche, die er auf den Tisch stellte und öffnete, um eine schwarze Robe herauszuzerren. Er zog sie an, sie verlieh ihm einen Hauch von Würde.

»Das ist der Verteidiger«, sagte die Frau neben ihr. »Ein Wessi, ich kann ihn nicht leiden, er redet zu viel überflüssiges Zeug.«

Ulla hatte nicht mehr gedacht, dass einer, der einen Mord begangen, ihn auch eingestanden hat, verteidigt werden muss. Gegen wen musste er verteidigt werden?

»Der Mann am Tisch gegenüber, der auch eine Robe trägt, das ist der Staatsanwalt«, sagte die Frau, die sich freute, einer Uneingeweihten zu helfen. »Das ist ein Ossi, also wenn Sie mich fragen, ist der Mann viel zu weich. Wissen Sie, ein Staatsanwalt muss hart sein, er darf nicht alle Faxen mitmachen, die sich der Herr Verteidiger ausdenkt.«

Ulla überlegte ernsthaft, was die Frau gemeint haben konnte. Ein Mord war geschehen, und der musste gesühnt werden. Für das Strafmaß gab es ausreichende Paragraphen im Strafgesetzbuch.

»Jetzt muss gleich das Gericht kommen«, fuhr die Frau mit einem Blick auf ihre Uhr fort. »Ich glaube, Richter Waffenschmid hat den Vorsitz, der Mann ist gut, obwohl er aus dem Westen kommt. Wenn Richter Rohne den Vorsitz hat, wird es langweilig, der reinste Krümelkacker.«

Sie sah Ulla an. »Sind zum ersten Mal hier?«

In diesem Augenblick erschien das Gericht. Die Leute erhoben sich, sie kannten sich aus. Ulla wollte sitzen bleiben, die Frau zerrte sie an ihrer Jacke. »Das muss sein«, sagte sie. »Ah, es ist Waffenschmid, gut so. Da kommt der Kerl nicht davon.«

»Ich eröffne die Hauptverhandlung vor dem 1. Strafsenat des Landgerichts und gebe die Besetzung des Gerichts bekannt.« Dann nannte er Staatsanwalt, Verteidiger und die Sachverständigen. »Bevor wir zur Feststellung der Personalien des Angeklagten kommen, frage ich: Sind Zeugen hier im Saal?« Mehrere Personen erhoben sich. Der Vorsitzende fragte nach ihren Namen. Eine der Frauen war Steffi Kunze. Ulla empfand plötzlich Mitleid mit dieser kleinen, eher unscheinbaren Person. Und sie sah Albert Prinz aus Leipzig, den Fuhrunternehmer, der Marie zuletzt gesprochen hatte.

Der Vorsitzende fragte Steffi Kunze, ob sie von ihrem Recht, die Aussage zu verweigern, Gebrauch machen wolle. Sie schüttelte den Kopf, sagte dann laut. »Ich will aussagen.« Die Zeugen wurden zur Wahrheit ermahnt, mit Strafe bedroht, falls sie die Unwahrheit sagten und rausgeschickt.

Ulla kannte das Reglement nicht, es wunderte sie, dass der Staatsanwalt die Anklage verlas. Zum ersten Mal erfuhr Ulla den genauen Ablauf der Mordtat.

Er wurde minutiös geschildert. Die Einzelheiten, die im Todeskampf endeten, wurden mit der Gleichgültigkeit verlesen, die man von Nachrichtensprechern kennt. Ulla nahm es die Luft. Sie glaubte, ersticken zu müssen. Die Bilder verschoben sich, sie sah Ballons durch die Luft fliegen – ihr wurde heiß und kalt. Sie spürte Schweißperlen im Gesicht. Ein Vorhang schwarzer Punkte schob sich ihr ins Blickfeld.

Sie stand auf, drängelte durch die Reihe zur Tür. Erst, als sie den Saal verlassen hatte, die Tür hinter ihr geschlossen war, atmete sie auf.

Die Knie waren weich, der Magen rebellierte. Sie sah ihr Kind im Wald unter einer Tanne liegen, wie es der Staatsanwalt verlesen hatte. Ihr wurde schwarz vor Augen. Einer griff nach ihr. Ein Arm legte sich um ihre Schulter.

Es war Norbert Michaelis, der sie bleich und blicklos hinauswanken gesehen hatte. Sachte führte er sie die Treppe hinunter.

Vor dem Gerichtsgebäude ließ er sie los. »Atmen Sie, los, atmen Sie«, befahl er ihr. Sie gehorchte. Er sah, dass sie fror, legte ihr seinen Schal über die Schulter.

»Was, zum Teufel, haben Sie hier verloren. Wollen Sie sich um den Verstand bringen?«

Seine Worte erschienen ihr bedenkenswert. »Den Verstand verlieren, das wäre die Lösung.«

Da wusste er, dass er ihr helfen musste. »Wachen Sie endlich auf«, fuhr er sie an. »Das Leben geht nämlich weiter, trotz alledem.«

»Aber doch nicht für mich«, erwiderte sie sanft.

»Selbstmitleid lähmt. Arbeiten Sie. Das ist die einzige Medizin.«

»Was soll ich denn tun?«

»Arbeiten, irgendetwas.«

Ulla Binder nickte. Nicht, weil sie ihm recht gab, sondern weil es klang, als würde Marie zu ihr reden. Hätte ich damals auf sie gehört, sie könnte noch leben.

Michaelis hatte ihr Schweigen als Zustimmung gewertet. Er begann, Hoffnung zu schöpfen. »Was treiben Sie den ganzen Tag. Ich meine, irgendetwas muss jeder Mensch tun.«

»Warum?«

»Weil es ein Naturgesetz ist.«

»Ich versuche zu schreiben.« Ulla Binder sagte es so

leise und so vage, als wollte sie damit das Scheitern ihres Unternehmens andeuten.

Michaelis blieb stehen und fasste sie an den Schultern. »Aber das ist doch wunderbar. Kommen Sie, wir gehen jetzt in ein Café und Sie erzählen mir, was Sie schreiben.«

Sie folgte ihm artig wie ein Kind in das Café, das nur wenige Schritte vom Gericht entfernt war. Sie waren die ersten Gäste, setzten sich in eine Ecke. Es dauerte lange, bis eine Kellnerin auftauchte. Aber das war ihnen egal. Nach einer Zeit des Schweigens sagte er mit großer Wärme in der Stimme. »Erzählen Sie, bitte.«

Sie spürte, dass er auf einer Antwort bestehen würde. Sie versuchte auszuweichen. Es sei so schwer zu erklären, und eigentlich habe sie noch nie über etwas reden können, was im Entwurf war.

»Das ist doch eine faule Ausrede. Sie wollen mir etwas vormachen.«

Sie sah ihn lange an. Er hielt ihrem Blick stand, ein sonderbares, kaum zu definierendes Gefühl überkam ihn. Sie beginnt, mich wahrzunehmen, dachte er, das ist ein Schritt zur Normalität.

»Sie dürfen so mit mir reden. Ich bin Ihnen sehr dankbar. Sie haben den Mörder meiner Tochter gefasst. Und Sie sind ein guter Psychologe.«

»Ein Kompliment ist wie ein …« Er hielt erschrocken inne. Etwas zu übermütig hatte er Hugos Wort vom Kompliment, das wie ein Kuss hinter einem Schleier ist, zitieren wollen. Sie schien das Zitat zu kennen, lächelte, als wäre ihr eine ferne, glückliche Erinnerung gekommen. Die Unterhaltung mit dieser Frau ist verdammt schwer, dachte er, man muss auf jedes Wort achten, sogar auf jeden Gedanken, der einem in den Sinn kommt.

»Ich schreibe über große Dichter und ihre Krankheiten. Besser gesagt, ich versuche einen inneren Zusammenhang zwischen ihrer Arbeit und der Krankheit herzustellen. Zum Beispiel Thomas Mann. Seine rätselhafte Krankheit, als er am *Faustus* schrieb.«

»Etwas Besseres ist Ihnen wohl nicht eingefallen. Warum Krankheit, warum Tod? Warum nicht Leben, Liebe, Wärme.«

Sie wurde rot, antwortete nicht.

»Können Sie das auch veröffentlichen, ich meine, wird es auf den Markt kommen?« Er sagte das mit aller Vorsicht. Die Wessis standen nun einmal in dem bedenklichen Ruf, ständig Aufwand und Nutzen gegeneinander abzuwägen. Und nur das zu tun, was Geld brachte.

»Warum?«

»Weil Geld Freiheit ist. Je mehr Geld man hat, desto freier ist man. Wussten Sie das nicht?«

»Ich habe nie darüber nachgedacht. Ich komme mit dem Geld vom Arbeitsamt aus, wenn die Miete nicht steigt.«

»Sie wird steigen, immer weiter und weiter.«

»Dann krieche ich in ein Mauseloch.«

»Ach, und Ihre Bücher?«

Ulla Binder lächelte. »Sie sind ein raffinierter Kerl. Sie haben genau die Stelle getroffen, an der ich verwundbar bin.«

»Wie mich das freut«, sagte er. »Sie mit ihrem Talent,

Sie könnten schreiben, veröffentlichen und viel Geld verdienen.«

Ulla Binder gab sich keine Rechenschaft, warum sie ihm nichts von ihren Umzugsplänen und der Vereinbarung mit der Schwester erzählte. Sie seufzte. In ihr war ein seltsames Gefühl von Fremdheit.

23

Das Gericht schickte die Zeugen aus dem Saal, sie hatten nun zu warten, bis sie aufgerufen wurden. Dann kam der Vorsitzende zu den Angaben über die Person des Angeklagten, seinen beruflichen, privaten Werdegang. Der Weg des Attila Kunze als zweites, durchaus erwünschtes Kind erwartungsfroher Eltern, war vom Tag seiner Geburt an glücklich verlaufen, durch keinen auch noch so so geringen Schatten getrübt. Er absolvierte die Schule problemlos und erfolgreich und war als Jungpionier hilfsbereit zu den alten Leuten, denen er im Timur-Trupp Braunkohlenbriketts in ihre kalten Wohnungen trug. An dieser Stelle unterbrach Richter Waffenschmid die Ausführungen des Angeklagten und ließ sich ausführlich über den »Timur-Trupp« und seine Bedeutung unterrichten. Ferner erfuhr das Gericht, dass der Angeklagte immer brav seine Milch getrunken habe, auch regelmäßig zum Fahnenappell erschienen sei, selbstverständlich nie ohne das schmückende blaue Halstuch. Auch diesen Umstand wünschte der Vorsitzende erklärt zu bekommen. So schilderte Attila Kunze sein Leben, und alle, die ihm zuhörten, waren gerührt. Außer einer Ehescheidung gab es nichts zu tadeln und zu deuteln. Der treue Sohn versorgte seine alten Eltern in rührender Weise und besuchte sie in ihrem fernen Dresden mindestens zweimal im Jahr.

Als Chemiker hatte er sowohl den Plan als auch die hohen Erwartungen der Betriebsleitung erfüllt. Er war beliebt und nie launisch und als Vorgesetzter ein Glück für alle weiblichen Mitarbeiterinnen, denen er mehr Rechte einräumte als den männlichen Kollegen. Sie durften sogar während der Arbeitszeit zum Friseur gehen. Wie, so fragte man sich, kam ein solcher Mann in die Fänge der Justiz? Welche Kette unglücklicher Umstände mochte es gegeben haben, dass ein finsteres Schicksal ihn in Versuchung und hinter Gitter gebracht hatte. Nun war man auf den Fortgang der Geschichte erst recht gespannt.

Anwalt Rüdiger Lehmbrock lümmelte, der Prozedur überdrüssig, auf seinem Tisch. Er gab sich nicht einmal die Mühe, Interesse wenigstens zu heucheln. Erst als Richter Josef Waffenschmid zur Beweisaufnahme übergehen wollte, schnellte er hoch, bat das Hohe Gericht, eine Erklärung abgeben zu dürfen. Was dann kam, grenzte an eine Sensation.

»Hohes Gericht«, begann Lehmbrock, »in der Anklageschrift des verehrten Herrn Staatsanwalts ist das Wort Geständnis aufgetaucht. Dieses Geständnis ist ungültig. Ich erkläre im Auftrag meines Mandanten, dass er es zurücknimmt« Lehmbrock hatte scharf artikuliert, die Worte exakt gesetzt, ihnen damit Gewicht gegeben. Im Saal war es still geworden.

Der Staatsanwalt sah beunruhigt zum Richtertisch. Richter Waffenschmid tuschelte mit seinen Beisitzern, die Protokollantin kritzelte heftig in ihren Unterlagen.

»Wollen Sie die näheren Umstände darlegen, die zu diesem Widerruf geführt haben?«, fragte Richter Waffenschmid.

»Das Geständnis wurde erpresst«, erwiderte Lehmbrock.

»Durch wen?«

»Bei der Person, die meinen Mandanten unter massiven Druck gesetzt hat, handelt es sich um einen Kriminalkommissar der ehemaligen DDR. Der Mann, ein gewisser Kurt Wolf, war früher Leiter der Mordkommission. Er ist nach der Wende aus dem Polizeidienst entlassen worden. Und das ganz sicher nicht ohne triftigen Grund.«

»Wenn er aus dem Polizeidienst ausgeschieden ist, wo ist er jetzt beschäftigt?«

»Herr Vorsitzender, dieser Mann ist jetzt Waldarbeiter.«

Das Wort Waldarbeiter bekam im Mund des Anwalts einen schäbigen Beigeschmack.

»Wie kommt er dazu, Ermittlungshandlungen durchzuführen?«

Die Entrüstung, die im Ton des Vorsitzenden hörbar wurde, verteilte sich über den Saal, erfasste Gerechte und Ungerechte. Lehmbrock wartete, bis diese Entrüstung mit Händen zu greifen war. Dann sagte er mit mokantem Lächeln: »Das, Herr Vorsitzender, ist das Geheimnis unserer Ermittlungsbehörde. Eine jener Unsäglichkeiten, mit denen wir Anwälte hier zu ringen haben.«

»Ist Herr Michaelis, Leiter der Mordkommission im Saal?«, fragte Richter Waffenschmid.

Niemand meldete sich.

»Wir werden der Sache nachgehen«, entschied der Richter. »Vielleicht schildern Sie uns zunächst das, was Sie über diesen sonderbaren Vorgang wissen.«

Rüdiger Lehmbrock agierte nun mit den weitgreifenden Bewegungen eines Festordners in einem Karnevalszug. Er hatte die Bombe geworfen, sie war vor den richtigen Leuten explodiert. Aus den Augenwinkeln beobachtete er die Presseleute, die eilig, lüstern und mit wichtigen Mienen schrieben. Das Publikum sah ihn aufmerksam an. Seine Augen blitzten. Er wirkte in diesen Minuten echt und ehrlich, ein tapferer Recke im harten Kampf um Recht, Ordnung und Gerechtigkeit. Keine Spur mehr vom schäbigen Provinzadvokaten. Während er aus lichter Höhe auf seinen bleichen Mandanten herabsah, legte er los: »Wir alle kennen den Bericht der Enquete-Kommission des deutschen Bundestages, die unter der Leitung von Pfarrer Eppelmann stand. Darin werden die Methoden der DDR Polizei- und Justizorgane ausführlich geschildert. Wir erfuhren, wie Geständnisse erpresst wurden, wie Opfer gequält, gefoltert und jahrelang unschuldig hinter Gittern gehalten wurden. Auch Pfarrer Gauck, der die Behörde gleichen Namens leitet, hat Zeugnis gegeben von den hinterhältigen Machenschaften ostdeutscher Unrechtsjustiz. Nun, da brauchen wir uns doch nicht lange zu fragen, warum …«

Hier unterbrach ihn Richter Waffenschmid. »Herr Verteidiger, das Plädoyer ist später dran.«

Lehmbrock mochte selbst gemerkt haben, dass er ein wenig zu weit ausgeholt, den Teufel zu schwarz an die Wand gemalt hatte.

»Ich frage noch einmal, gibt es definitive Anhaltspunkte dafür, dass der Angeklagte unter Druck gesetzt worden ist?«, erkundigte sich der Richter schroff.

Lehmbrock fühlte sich unbehaglich. »Hätte er sonst ein Geständnis abgelegt. Er ist unschuldig. Er hat das bedauernswerte junge Mädchen nicht getötet.«

Attila Kunze hielt während der flammenden Rede seines Anwalts den Kopf tief gesenkt. Das Blut sauste ihm in den Ohren, er spürte sein Herz unter der Schädeldecke schlagen. Er schämte sich, war nahe daran, aufzustehen und dem Anwalt ins Wort zu fallen, zu bekennen, wie das Geständnis wirklich zustande gekommen und der Widerruf erfolgt war. Wie konnte der Anwalt Dinge zusammenbringen, die nicht zusammengehörten. Was hatte sein Geständnis mit der Stasi zu tun, was der alte Kriminalist mit der Gauck-Behörde? Er war kein Opfer, er war der Täter.

Da war aber Lehmbrocks Versprechen: Ich hole Sie hier raus! Sie müssen mitmachen und durchhalten, und Sie müssen mir vertrauen. Man hat keine Beweise gegen Sie. Indizien sind wacklige Sachen. Deshalb müssen Sie widerrufen, verstanden? Oder wollen Sie fünfzehn bis zwanzig Jahre hinter Gittern schmoren? Kunze beugte den Kopf so tief über seinen Tisch, dass niemand sah, was in ihm vorging.

Der Staatsanwalt nahm das Wort. »Ich beantrage eine Vertagung. Weiter beantrage ich, den Leiter der Ermittlung, Herrn Michaelis, als Zeugen vorzuladen.«

Lehmbrock setzte sich widerwillig hin. Damit hatte er nicht gerechnet. Die Wirkung drohte zu verpuffen. Er hatte das Publikum angeheizt, nun schien es wieder abzukühlen. Die Presse war hellhörig geworden, das Publikum elektrisiert, die Schöffen beeindruckt. Folgte das Gericht dem Antrag des Staatsanwalts, würde eine Pause entstehen, in der das Eisen gänzlich zu erkalten drohte.

Das Gericht zog sich zur Beratung zurück. Es beschloss, die Verhandlung auf den nächsten Tag zu legen.

Der Staatsanwalt klappte seine Bücher zu, und das Publikum ging enttäuscht von dannen. Der Angeklagte wurde in Handschellen abgeführt. Nur der Anwalt saß noch an seinem Tisch. Ohne Wirkung war es nicht geblieben. Es belustigte ihn nachträglich, wie sehr er Waffenschmid beeindruckt hatte. Der Mann stammte aus christlichem Haus, ein Pfarrer war für ihn wie das Evangelium selbst. Dass sowohl Eppelmann als auch Gauck Pfarrer waren, erhöhte ihre Glaubwürdigkeit und damit auch seine, Lehmbrocks. Nun musste er etwas anderes finden, um das Gericht unsicher zu machen.

Ihm war klar, was sich am nächsten Tag abspielen würde. Der Kommissar würde versuchen, den Widerruf ad absurdum zu führen. Er würde das Täterwissen ins Spiel bringen, mit dem sie seinen Mandanten festnageln konnten. Dagegen war Lehmbrock gewappnet. Er würde Zweifel äußern, ob das Täterwissen tatsächlich auch Täterwissen war oder nur Reporterwissen.

Wie in keinem anderen Fall war über den Mord berichtet worden. Die Zeitungsleute füllten ihre Wissenslücken mit ihren Erfindungen. Damit würde er operieren. Das Geständnis durfte nicht aufgewärmt werden. Und was diesen Waldarbeiter betraf, der interessierte ihn nicht wirklich. Er wusste, dass sein Mandant nicht unter Druck gesetzt worden war. Sein Mandant war schließlich kein Halbidiot, er hätte sich zu wehren gewusst.

Wenn er als Anwalt hier im Osten den großen Sprung machen wollte, musste er den Mann freikriegen. »Die Menschen sind ein Wolfspack, nichts als ein Wolfspack«, zitierte er in Gedanken seinen Lieblingsautor Sigmund Freud.

Eine blonde Frau betrat den Saal. Sie blickte verlegen um sich, kam auf Lehmbrock zu, fragte: »Wie geht es Herrn Kunze?«

Nun erkannte er sie. »Sie sind Frau Abraham?«

Die Frau nickte. »Ich war doch in Ihrer Kanzlei, wegen der Besuchserlaubnis.«

Dem Anwalt blitzte eine Idee durch den Kopf. »Sie hatten ein Verhältnis mit Herrn Kunze?«, fragte er. Genau genommen war es keine Frage, sondern eine Feststellung.

Sandra zögerte. »Na ja«, sagte sie, »jetzt, wo sich seine Frau von ihm getrennt hat, kann ich es ja zugeben.«

»Sie wollen doch, dass er frei kommt, oder?«, fragte Lehmbrock.

»Besteht denn eine Hoffnung?« Sie dachte, wenn er frei ist, wird er mich heiraten. Er hat niemanden mehr, er wird froh sein, wenn ich zu ihm halte.

»Dann wollen wir uns mal darüber unterhalten, was da zu machen ist«, sagte Lehmbrock. »Kommen Sie, wir gehen einen Kaffee trinken.«

Norbert Michaelis begriff in Bruchteilen von Sekunden, was Kurt Wolf bewogen haben konnte, in den Wald zurückzukehren. Er war dieses raue Klima nicht gewöhnt, kapitulierte vor Hinterlist und Gemeinheit. Er, Michaelis, kannte solche Anwälte wie Lehmbrock. Sie taten alles, um an ihr Ziel zu kommen.

Es interessierte sie nicht, ob dabei Menschen über die Klinge sprangen. Dass Lehmbrock es geschafft hatte, Kunze zum Widerruf zu bewegen, ärgerte ihn sehr. Er würde Wolf anrufen, obwohl er dessen Antwort schon kannte. »Das Geständnis war nicht wasserdicht, wir hätten weiter ermitteln müssen.«

Ich hätte Anwalt werden sollen, dachte Michaelis grimmig, die haben es so viel leichter. Sie dürfen die Wahrheit umkehren, keiner nimmt es ihnen übel. Im Gegenteil, wenn sie Erfolg damit haben, werden sie gefeiert. Und sie verdienen einen Haufen Geld. Aber wahrscheinlich wäre ich gar nicht imstande, einen Mörder zu verteidigen.

Am nächsten Tag ging Michaelis zum Gericht. Auf dem Weg dahin sah er sich nach Ulla Binder um. Sie hatte ihm versprechen müssen, nicht zur Verhandlung zu kommen. Sie sollte zu Hause bleiben. Doch er wusste nicht, ob er ihr trauen konnte und ob sie nicht doch auftauchte.

Er sah sie nicht, nicht auf dem Weg und nicht im Gerichtssaal. Zum ersten Mal, seit er sie kannte, freute er sich darüber.

Richter Josef Waffenschmid kam aus der heilen Welt einer intakten Familie. Vielleicht war er deshalb nicht von dieser scharfen, bitteren Sinnesart, wie mancher seiner Kollegen, die jahrzehntelang im menschlichen Unrat wühlten. Waffenschmid war abgeklärt, umständlich und ohne Illusionen.

Seine Pedanterie kam den Verhandlungen zugute. Er war kein Mann der schnellen Eingebungen, und er ließ sich nicht beeinflussen. Er fiel weder auf lockere Sprüche noch auf schmerzhafte Aufschreie rein. Eine Entscheidung musste in seinem Kopf reifen, alles musste seinen Platz haben, seine Ordnung, weil nur so die Steinchen eines Mosaiks zusammenpassten. Seine Stärke war das glückliche, patriarchalische Familienleben, seine Frau und die vier Kinder.

24

Die Person des Richters Josef Waffenschmid hatte einen wohltuenden Einfluss auf den Gang der Verhandlung. Nicht, was die prozessuale Seite betraf oder etwa den Fortgang der Beweisaufnahme. Der Einfluss lag eher im Atmosphärischen. Der Mann strahlte Ruhe aus. Seine Gegenwart verbot Ausfälle, man war gesitteter, hielt die Regeln der Höflichkeit ein.

Der zweite Verhandlungstag begann mit der Befragung des Leiters der Mordkommission Norbert Michaelis, die Waffenschmid mit einem sanften Lächeln zum Verteidiger hin begann.

Michaelis überbrachte die Genehmigung des Polizeipräsidenten über die zeitweilige Mitwirkung des Kurt Wolf. Es hatte also alles seine Ordnung. Dass zu keiner Zeit Druck auf den Angeklagten ausgeübt worden sei, könne er verbindlich erklären. Er selbst habe, nachdem Kunze das Geständnis abgelegt hatte, weitere Vernehmungen durchgeführt. Dabei habe der Angeklagte nie eine Andeutung über einen Erpressungsversuch gemacht.

Richter und Staatsanwalt nahmen die Erklärung des Kommissars wohlwollend zur Kenntnis. Lehmbrock stellte mit hämischer Verblüffung fest, dass der West-Richter, der Ost-Staatsanwalt und der West-Kriminalist freundlichst übereinstimmten.

Richter Waffenschmid setzte die Verhandlung fort:

»Da Geständnis und Widerruf desselben Angeklagten nach der Strafprozessordnung keine im Voraus festgelegte Beweiskraft haben, ergibt sich, dass das Geständnis von vornherein keinen höheren Beweiswert hat als der Widerruf. Deshalb hat der Senat Geständnis und Widerruf auf ihren Wahrheitsgehalt zu überprüfen.«

Die Leute im Saal verstanden das Juristendeutsch und waren froh, dass es nun doch zu einer Auseinandersetzung kommen würde, die ihren Reiz in der konträren Haltung der Widersacher hatte.

Um die strafprozessuale Ordnung einzuhalten, wollte Richter Waffenschmid zuerst von seinem Beisitzer, dann vom Staatsanwalt und schließlich vom Verteidiger wissen, ob sie Fragen hätten oder Anträge zu stellen wünschten. Das war nicht der Fall. Also kam das Gericht zu der Feststellung des medizinischen Gutachters.

»Im Ergebnis der Begutachtung durch Prof. Dr. Wegner wurde die tatbezogene Zurechnungsfähigkeit des Angeklagten bejaht. Von den gesamten Untersuchungsbefunden her bestand keine Begründung für die mögliche Anwendung von §§ 20, 21 des Strafgesetzbuches. Die Hirnfunktionen sind intakt, und die Hirnbeschaffenheit ist nicht krankhaft beeinträchtigt. Aus der inneren und äußeren Handlungsanalyse kann eindeutig geschlussfolgert werden, dass mit Sicherheit kein pathologischer Affekt zur Tatzeit vorgelegen hat. Der Sachverständige schlussfolgert, dass die Gründe für das Fehlverhalten des Angeklagten in einer starken Gemütserregung lagen und dem Verlangen nach Bedürfnisbefriedigung.«

Nachdem Richter Waffenschmid das Gutachten verlesen hatte, begann er mit der Befragung des Angeklagten.

»Herr Kunze, Ihnen steht das Recht zu, die Aussage zu verweigern. Sie können reden oder schweigen. Wofür haben Sie sich entschieden?«

Attila Kunze erhob sich. »Ich will aussagen.«

»Gut«, sagte der Richter. »Sie haben die Anklage gehört. Sie sind des Mordes an einem jungen Mädchen angeklagt. Bitte äußern Sie sich zu der Beschuldigung.«

»Ich bin unschuldig«, sagte er, »ich habe das Mädchen nicht getötet.«

»Dann erzählen Sie dem Gericht, was sich am 17. Februar zugetragen hatte.«

Attila Kunze erinnerte sich. Es war kalt, Schneeregen ging nieder, ein kalter Wind wehte. Doch für ihn hatte gerade dieser Tag einen besonderen Reiz. Ihm war am 17. Februar eine wichtige Genehmigung der Landesregierung Thüringen erteilt worden.

Die Frage des Vorsitzenden, ob er auf dem Parkplatz bei Großräschen Halt gemacht habe, verneinte er. Er sei, nach einem opulenten zweiten Frühstück im Nobelrestaurant des Hotels »Elephant« in Weimar, das er sich quasi als Belohnung für seine Ausdauer bei der Landesregierung geleistet hatte, bis nach Haus durchgefahren.

Gegen Nachmittag, an die Uhrzeit könne er sich nicht erinnern, sei er bei seiner Frau eingetroffen. Vom Mord im Forst Hohenblick habe er erst aus der Zeitung und den Berichten der Nachbarn erfahren.

Ob er sich erklären könnte, wie die Reifenspuren seines Wagens in die Nähe des Tatortes gekommen seien, fragte der Richter.

»Gar nicht«, erwiderte Kunze. Es müsse sich um eine Verwechslung handeln.

Und so ging die Befragung weiter. Am Vormittag und auch am Nachmittag. Anwalt Lehmbrock hatte lange und intensiv mit ihm geübt, das machte sich nun bezahlt.

Auch die Fragen des Gerichts erbrachten keine neuen Aspekte. Lehmbrock lauerte auf seine Chance. »Es ist nicht erwiesen«, sagte er, und dieses Argument war wie ein Brückenpfeiler in seiner Verteidigungsstrategie, »dass mein Mandant überhaupt Kontakt zu dem getöteten Mädchen gehabt hat. Es lässt sich kein direkter Bezug zur Person des Angeklagten herleiten.« Lehmbrock tat, als er das sagte, als sei er von der Unschuld seines Mandanten wirklich überzeugt.

»Es ist auch nicht erwiesen«, fuhr er fort, »dass der Tod des Mädchens vor 16 Uhr eingetreten ist, was ja ein wesentlicher Punkt in der Beweiskette der Staatsanwaltschaft ist. Da der Angeklagte um 15 Uhr zu Hause eintraf, das Zeit-Wege-Diagramm exakt eine Fahrzeit von einer Stunde ausweist, kann er für die Tat gar nicht in Frage kommen. Weiter möchte ich feststellen, dass weder an der Kleidung noch an den Händen des Angeklagten Blut der Getöteten festgestellt wurde.«

Der Staatsanwalt lachte. »Glauben Sie, dass es zu den täglichen Gewohnheiten der Ehefrau des Angeklagten gehört habe, die Hände ihres heimkehrenden Mannes nach Blutspuren abzusuchen? Oder dass sie sich die

Kleidung vornimmt, um daran Blut zu entdecken? Etwa nach dem Motto: Da will ich doch mal nachsehen, ob mein Mann nicht vielleicht einen Mord begangen hat?«

Die Zuhörer im Saal amüsierten sich. Lehmbrock lächelte säuerlich. Die Runde hatte er verloren. Aber das machte nichts, er hatte genug Pfeile im Köcher, und alle waren vergiftet.

»Herr Staatsanwalt«, sagte Lehmbrock und holte damit zum Gegenschlag aus, »haben Sie vielleicht eine ebenso effektvolle Erklärung dafür, dass am Rundholz, dem so genannten Knüppel, keine Blutspuren der Getöteten gefunden wurden?«

»Vielleicht deshalb, weil das Mädchen laut Obduktionsbefund nicht oder nur geringfügig geblutet hat.«

»Und wie erklären Sie sich dann, dass keine für die Beweisführung relevanten Fasern gefunden wurden?« Lehmbrock sah den Staatsanwalt herausfordernd an.

»Ich wäre Ihnen sehr dankbar, wenn Sie mir sagen würden, was Sie eigentlich meinen. Um welche Faser soll es sich handeln?«, fragte der Staatsanwalt.

»Fasern von der Kleidung des Angeklagten an der Getöteten.«

»Nach den Gutachten ist das nicht zwingend. Die Tatsache, dass man keine Faser des Angeklagten gefunden hat, schließt seine Täterschaft nicht aus. Immerhin haben wir, wie Sie wissen, Fasern vom Pullover des Mädchens im Wagen des Angeklagten gefunden.«

Lehmbrock schien nur auf diesen Augenblick gewartet zu haben. Theatralisch sagte er: »Da mache ich Ihnen einen Vorschlag, Herr Staatsanwalt, bitten Sie die Damen hier im Saal, ihre Pullover, Strickjacken und sonstigen Wollsachen zur Verfügung zu stellen. Sie werden erstaunt sein, wie häufig Sie dieses Gewebe antreffen. Es handelt sich um eine gängige Mischung von 60 Prozent Wolle, 20 Prozent Angora und 20 Prozent Polyamid Diese rote Faser, die Ihnen dienen soll, einen unschuldigen Menschen vielleicht für den Rest seines Lebens hinter Gitter zu bringen, und die so winzig ist, dass man sie mit bloßem Auge nicht zu erkennen vermag, kann von hundert anderen Kleidungsstücken stammen. Sie hat überhaupt keine Beweiskraft. Und darum geht es uns doch, nicht wahr, Herr Staatsanwalt, dass wir auf Beweise, nicht auf Vermutungen bauen.«

»Sollte Ihnen, Herr Verteidiger, entgangen sein«, erwiderte der Staatsanwalt gereizt, »dass die Spurensuche ein Haar im Wagen des Angeklagten sichergestellt hat, das der Getöteten zugerechnet werden kann?«

Lehmbrock holte tief Luft. »Ja, das stimmt«, rief er mit heuchlerischer Freude, »das Haar kann der Getöteten zugerechnet werden, muss aber nicht. Ein Haar ist kein Beweis.«

Der Staatsanwalt fiel ihm ins Wort. »Aber das Haar lässt nicht den Schluss zu, dass die Getötete nicht im Auto war.«

»Da stimme ich Ihnen zu. Zu einer Verurteilung ist eine eindeutige Indizienkette notwendig. Ein Haar ist keine Kette. Ein Beweis ist eine lückenlose, nachvollziehbare, logische Folge von Indizien. Ein Indiz ist außerdem bedeutungslos, wenn zwischen ihm und der Tat kein Sachzusammenhang besteht.«

Richter Waffenschmid mischte sich in die Debatte. »Tut mir leid, Herr Verteidiger, aber da kann ich Ihnen nicht folgen. Natürlich besteht ein Sachzusammenhang zwischen einem Haar der Getöteten und seinem Fundort.«

»Ich meine auch nur«, setzte sich Lehmbrock zur Wehr, »dass erst ein Zusammenhang mit anderen Beweisinformationen hergestellt werden müsste.«

Bevor der zweite Verhandlungstag zu Ende ging, stellte Lehmbrock zur Überraschung des Gerichts, aber auch zu der seines Mandanten, einen Antrag. Er bat das Gericht, Frau Sandra Abraham als Zeugin zu befragen. Kunze wollte etwas erwidern, er schien nicht einverstanden zu sein. Lehmbrock unterdrückte einen Widerspruch, klopfte ihm auf die Schulter und sagte leise. »Es sieht gut aus für uns. Das können Sie mir glauben.«

Nachdem Norbert Michaelis vom Gericht gehört worden war, setzte er sich zu den Zuhören in den Gerichtssaal. Es tat es widerwillig. Es war ihm zuwider, die Verhandlungen zu verfolgen, bei denen einer seiner »Kunden« angeklagt war. Es war eine Quelle ärgerlicher, endloser Missverständnisse, vorsätzlich falscher Deutungen, Verdrehungen und Fehlinformationen. Und ihm wurde bei solchen Verhandlungen bewusst, wo die Ermittlungsarbeit oberflächlich gewesen war. Er sah dabei wie in einen Spiegel, und er hatte kein Vergnügen daran.

Dieser Prozess war anders als alle anderen, die er bisher erlebt hatte. Es war, als hinge vom Ausgang dieser Verhandlung sein eigenes Schicksal ab.

Er hatte Ulla Binder versprochen, sie über den Fortgang der Verhandlung zu informieren. Bei dem Disput zwischen Staatsanwalt und Verteidiger war ihm nicht wohl. Lehmbrock hatte natürlich recht, das Haar und die Wollfaser waren keine Beweise.

Er dachte, dass die Zeugenaussagen etwas Licht in das Dunkel bringen könnten. Es war noch immer ungeklärt, wo Rucksack und Anorak der Toten geblieben waren. Wenn Kunze, wie Michaelis vermutete, diese Beweise in der Heizung seines Hauses verbrannt hatte, musste seine Frau etwas bemerkt haben. Sie hatte sich von ihm getrennt. Hieß das auch, dass sie gegen ihn aussagen würde? Und warum sollte Sandra Abraham in den Zeugenstand? Was steckte dahinter? Michaelis hatte die Abwehr des Angeklagten gegen diese Zeugin wahrgenommen.

Michaelis fragte sich, ob sie bei ihrer Ermittlung etwas versäumt hatten.

Er nahm sich vor, Kurt Wolf anzurufen, mit ihm darüber zu reden. Wie mochte es dem alten Fuchs gehen? Er fehlte ihm. Schade, dass er so stur war. Er war der eigentliche Verlierer in dieser Geschichte.

Bevor Michaelis zu Ulla Binder ging, telefonierte er mit Saarbrücken. In der Redaktion einer Zeitung saß Winnie, eine Freundin. Es gab eine Zeit, da hatte er sie sehr gemocht. Das war, als seine Frau zu diesem anderen Mann gezogen war. Winnie half ihm, über die öde Zeit hinwegzukommen.

Vielleicht hätte er sie sogar geheiratet, wenn er nicht gemerkt hätte, dass sie eine Chaotin war, hilfsbereit und unzuverlässig. Man konnte ihr weder Geld noch ein Geheimnis anvertrauen. Sie lief durch die Stadt wie ein Harlekin in Vollmaske. Es machte ihr nichts aus, wenn die Leute hinter ihr herlachten.

Sie liebte Männer und Frauen, und das ohne Übergang, wie es ihr gerade gefiel. Ihre Einstellung zum Leben hatte nicht die geringste Ähnlichkeit mit seiner Lebensweise. Er mochte sie trotzdem, sie war ein Kumpel. Er wusste, sie würde ihm helfen.

Er hatte sie sofort am Apparat. Das war ungewöhnlich, sie galt meistens als unauffindbar. Als sie ihn erkannte, rief sie laut und frech. »Ich wette, du kommst zurück, hast die Schnauze voll von deinem Osten, stimmt's. Man hört ja auch wirklich schreckliche Dinge von dort.«

»Gegen Lindstadt ist Saarbrücken ein Nest im Koma.«

»Also, das wahre Leben findet in Lindstadt statt?« Winnie lachte. »Und wie heißt die Dame?«

»Du bist ein bösartiges, altes Luder. Tust du mir einen Gefallen?«

»Na klar, immer.«

»Finde doch mal raus, wie man zu einem Presseausweis kommt.«

Winnie kicherte. »Ich höre dein Herz beben. Also, die Dame muss mit ihren gesammelten Werken zur IG Medien gehen, ein Foto mitnehmen, alles andere machen die dann schon.«

»So einfach geht das?«

»Na ja, man muss schon etwas vorweisen können,

schöne blaue Augen genügen nicht. Erzähl mal was von ihr.«

Michaelis fühlte, wie er rot wurde. »Halt die Klappe, du Schlange.«

Sie lachte wieder. »In Ordnung, Alter. Küsschen, und ruf mal wieder an.«

Ulla Binder saß an ihrem Schreibtisch, als er zu ihr kam. Sie hatte eine Brille auf, er sah sie zum ersten Mal an ihr. Sie gefiel ihm, wie alles an ihr. Das Gespräch mit Winnie hatte ihm auf sonderbare Weise Mut gemacht. Doch nun war davon nicht mehr viel übrig.

Ulla fragte nach dem Prozess. Er verschwieg ihr die ärgerlichen Details. Er wollte nicht, dass sie sich aufregte. Sie hörte aufmerksam zu, unterbrach ihn nicht, stellte keine Fragen. Diese Ergebenheit, mit der sie sich in ihr Schicksal fügte, beunruhigte ihn.

Man bewältigt das Leben nicht, dachte Michaelis, wenn man schweigt und schweigend Schläge hinnimmt.

Es war Abendbrotzeit. Sie fragte, ob er mit ihr Tee trinken wolle, sie könne auch ein paar belegte Brote zubereiten. Diesmal folgte er ihr in die Küche. Er wolle helfen, sagte er, aber eigentlich wollte er nur in ihrer Nähe sein. Als sie bei Tisch saßen, erzählte er von seinem Telefonat und wie man es anstellen müsse, um journalistisch arbeiten zu können.

Ulla war beschämt. Solche Sorgen hatte sich bisher noch niemand um sie gemacht. Je länger sie darüber nachdachte, umso verlockender erschien ihr der Gedanke an die Pressearbeit. Jene Neugier wurde wach, die sie früher immer begleitet hatte.

Die Welt, in der sie jetzt lebte, war ihr so fremd und so fern wie ein Land in Afrika. Alles war anders geworden, die äußeren und die inneren Dinge, die Form und der Inhalt. Der Rhythmus war anders, die Bedingungen, die Voraussetzungen, vor allem aber die Auffassung vom Wert des Lebens. Es gab Demut und Barmherzigkeit, aber sie trugen andere Namen, hießen Sozialamt und Pflegeversicherung. Demokratie war mehr als nur ein Wort, aber sie musste erst entdeckt werden. Konnte sie sich in dieses Abenteuer stürzen? Würde sie sich dabei aufgeben müssen, oder konnte sie ihre Ideale mit hinüberretten?

Sie saßen sich gegenüber. Das Abendbrot blieb unberührt.

Ulla hatte einen abwesenden Blick. Er legte seine Hand auf die ihre, sie entzog sie ihm nicht. Hatte er es geschafft? Dachte sie endlich darüber nach, dass das Leben weiterzugehen hatte, solange man auf dieser Erde war?

»Ich stelle mir das wunderbar vor«, sagte er. »Sie schreiben Theaterkritiken, rezensieren Bücher, machen Lesungen. Ein ganz anderes, ganz neues Leben könnte beginnen. Nutzen Sie die Chance.«

»Und wer soll meine Werke drucken.«

»Das findet sich. Entscheidend ist die Qualität. Sie schaffen es.«

So redeten sie bis in den späten Abend. Sie versuchte, sich dieses neue Leben vorzustellen. Als sie auseinandergingen, atmete er auf. Das Eis war gebrochen. Sie hatte gelächelt. Lobte seine Idee, am nächsten Wochenende gemeinsam ins Theater zu gehen. Sie sollte das Stück aussuchen und die Karten besorgen. Auf dem Weg nach Haus fühlte er sich so froh wie schon lange nicht mehr.

25

Albert Prinz wurde in den Zeugenstand gerufen. Er beschrieb das Zusammentreffen mit Marie ausführlich und mit viel Wärme. Sie sei ein so nettes, kluges Mädchen gewesen, und sie habe ihm das Leben gerettet. Er wird den Rest seines Lebens daran tragen, dass er sie nicht habe beschützen können. Die Leute im Saal weinten.

»Können Sie den Wagen beschreiben«, fragte Richter Waffenschmid, »in den Marie Binder gestiegen ist?«

»Das kann ich nicht, Herr Vorsitzender.«

»Haben Sie den Fahrer des Wagens gesehen?«

»Nein, ich habe ihn nicht gesehen.«

»Wie sind Sie dann auf den Wagen des Angeklagten gekommen?«

»Ich bin nicht darauf gekommen«, erwiderte Prinz, »das Mädchen hatte mir einen Zettel geschrieben, auf dem stand, dass sie mit dem *flotten Hirsch* weiterfahre. Das konnte ja nur der Alfa sein, der vor mir geparkt hatte.«

Lehmbrock wandte sich an den Zeugen. »Wie lange haben Sie geschlafen?«

»Keine zwei Stunden.«

»In dieser Zeit hätte der Alfa weggefahren sein können. Folglich hätte das Mädchen einen andern *flotten Hirsch* beschrieben. Ist das möglich, Herr Zeuge?«

»Ja, natürlich. Ich habe ja geschlafen. Und als ich wach wurde, war überhaupt kein Auto mehr da.«

»Das Mädchen hätte also auch in einen anderen Wagen gestiegen sein können.«

»Durchaus.«

»Ich fasse zusammen«, sagte Lehmbrock, und sein Triumph war unverkennbar. »Der Zeuge hat den Angeklagten nicht gesehen. Er hat ihn hier, im Gerichtssaal, zum ersten Mal zu Gesicht bekommen. Er hat einen Alfa bemerkt, sonst nichts. Einen roten Alfa, der hundert anderen Menschen gehören könnte. Und er kann nicht bezeugen, dass das Mädchen in dieses Auto gestiegen ist.« Er setzte sich, befriedigt von der Aussage des Zeugen und befriedigt vor allem über sich selbst.

Der nächste Zeuge war der Kriminaltechniker, der die Reifenspuren, die am Tatort gesichert wurden, untersucht hatte.

Richter Waffenschmid zitierte aus dem Gutachten. »Die in den Komplexgutachten vom Sachverständigen für Trassologie getroffenen Feststellungen haben ergeben, dass es sich aufgrund der Spurenmaße und der ermittelten Reifendimensionen nur um einen Pkw Typ Alfa handeln kann.«

Waffenschmid wandte sich an den Zeugen. »Habe ich Sie richtig zitiert? Können Sie noch andere, detaillierte Aussagen dazu machen?«

»Die Spezifik der Profileindruckspur ergab, dass die Vorderräder Originalreifen enthielten, die Hinterräder später dazugekaufte Reifen waren. Als Vergleichsmaterial standen die vier Reifen vom Pkw des Angeklagten zur Verfügung, die diese Spezifik aufwiesen.«

»Haben Sie Vergleiche anstellen können?«

»Wir haben in einem Test am Tatort Profilierung und Profiltiefe der Reifen überprüft. Der Test stimmte in allen Einzelheiten mit dem Original überein.«

Der Staatsanwalt hatte keine Fragen an den Zeugen. Der Verteidiger auch nicht. Als nächster Zeuge wurde der Kellner aus dem Hotel »Elephant« in Weimar aufgerufen. Er konnte sich an Kunze erinnern und bestätigte seine Anwesenheit am 17. Februar. Nur die Zeit stimmte nicht.

Während Kunze behauptete, gegen halb elf dort eingetroffen zu sein, behauptete der Kellner, ihn schon eine gute Stunde früher gesehen zu haben.

Der Anwalt stürzte sich förmlich auf den Mann. »Wie viel Gäste frühstücken für gewöhnlich bei Ihnen?«

»Das kommt auf die Jahreszeit an.«

»Nehmen wir den Monat Februar.«

»Schätzungsweise fünfzig bis sechzig.«

»Das ist ja eine ganze Menge. Und da erinnern Sie sich an einen einzelnen Mann?«

»Eben weil es ein einzelner Mann war. Die meisten Herren kommen mit ihren Damen.«

»Aber Sie wissen heute noch, fünf Monate später, um welche Zeit Herr Kunze gefrühstückt hat?«

»Ich sah sein Bild in der Zeitung, da waren keine fünf Monate vergangen, höchstens fünf Tage. In meinem Beruf merkt man sich Gesichter. Er fiel mir besonders auf.«

»Warum?«

»Alles, was von der Norm abweicht, behält man in Erinnerung. Die Leute aus dem Westen haben Geld und treten entsprechend auf. Die Gäste aus dem Osten pusten sich nicht so auf, dafür haben sie weniger Geld. Herr Kunze war ein Ossi, aber mit viel Geld.«

Lehmbrock versuchte, das Gedächtnis des Zeugen anzuzweifeln. Die Aussage des Kellners war nicht zu erschüttern.

Der Beamte aus der Landesregierung Thüringen konnte nichts zur Aufklärung beitragen. Er erinnerte sich zwar an den Aktenvorgang, nicht aber an die Person des Angeklagten. Er konnte entlassen werden.

Mit Spannung wurde Steffi Kunze erwartet. Man wollte sehen, wie eine Frau aussah, die mit einem Mörder verheiratet war, wie sie sich gab, was sie sagte, und wie sie es sagte.

Sie bestätigte, dass ihr Mann an jenem Tag um 17 Uhr nach Hause gekommen sei. »Um ganz exakt zu sein, es war genau siebzehn Uhr und fünf Minuten, als ich seinen Wagen auf den Hof kommen sah.«

Sie erklärte, warum sie es so genau wusste. Richter Waffenschmid nickte, ihre Angaben deckten sich mit den Aussagen in der Akte. Und da gab es auch die schriftliche Aussage des Nachrichtensprechers vom ORB.

»Ist Ihnen an ihrem Mann etwas aufgefallen, war er anders als sonst?«, fragte der Richter.

Steffi verneinte.

»Schildern Sie dem Gericht, wie es üblicherweise vor sich ging, wenn Ihr Mann nach Hause kam.«

»Er fuhr seinen Wagen auf den Hof und schloss das Tor. Dann kam er ins Haus, zuerst in die Küche. Wir redeten ein paar Worte miteinander. Er fragte nach

Post oder Anrufen und nach den Kindern. Dann ging er ins Bad, wusch sich, ging in den ersten Stock, wo unser Schlafzimmer ist. Dort zog er sich um. Dann ging er auf den Hof, brachte den Wagen in die Garage, schloss die Türen, kontrollierte, ob Schuppen und Nebengebäude verschlossen waren. Schließlich ging er in sein Arbeitszimmer, sah die Post durch, las Zeitung, telefonierte. In der Zwischenzeit hatte ich das Essen zubereitet. Wir aßen immer gemeinsam, wenn es für die Kinder nicht so spät war. Danach brachte ich die Kinder ins Bett.«

»War es am 17. Februar auch so?«

Die Frau dachte nach. »Etwas war anders. Er kam ins Haus, aber nicht zu mir in die Küche. Er ging zuerst in den Heizungskeller.«

»Was hat er dort gemacht?«

»Ich weiß es nicht.«

»Haben Sie sich nicht darüber gewundert?«

»Natürlich, er hatte ja den guten Anzug an. In solchen Dingen war er sonst immer sehr penibel.«

Lehmbrock beugte sich verärgert zu seinem Mandanten. »Das haben Sie mir verschwiegen.«

»Ich dachte, sie hätte es vergessen.«

»Schöne Bescherung, verdammt noch mal«, knurrte Lehmbrock.

»Haben Sie ihren Mann gefragt, was er im Heizungskeller gemacht hat?«, wollte der Richter wissen.

»Er gab mir keine Antwort. Später habe ich es dann vergessen.«

»Wie lange blieb er im Keller?«

»Vielleicht eine Viertelstunde, vielleicht ein paar Minuten länger.«

Steffi Kunze hatte es hinter sich. Der Richter sagte, sie könne im Saal Platz nehmen, wenn der Fortgang der Verhandlung sie interessiere. Steffi setzte sich neben Henry in die erste Reihe.

Die nächste Zeugin war Sandra Abraham. Sie hatte ein schwarzes Kostüm an, das gut zu ihrem blonden Haar passte.

»Sie sind eine Freundin der Familie«, fragte der Richter.

»Mein Mann und ich sind seit Jahren mit Kunzes befreundet. In Abständen treffen wir uns zum Rommé.«

»War das auch am 17. Februar der Fall?«

Sandra nickte.

»Wie lief der Abend ab?«

»Wie immer. Nein, erst feierten wir den Erfolg, den Herr Kunze gehabt hatte. Ihm war eine wichtige Genehmigung von der Regierung in Thüringen erteilt worden.«

»Gehe ich recht in der Annahme«, fragte Lehmbrock, »dass Sie den Sekt für die Feier mitbrachten?«

Sandra nickte. »Ja, den brachte ich mit. Sonst trinken wir nur Bier.«

»Woher wussten Sie«, bohrte Lehmbrock weiter, »dass Herr Kunze die Genehmigung auch wirklich erhalten hatte?«

Sandra sah Attila Kunze an, lächelte. »Er erreicht immer, was er will.«

»War es nicht vielmehr so, Frau Zeugin«, donnerte

Lehmbrock, »dass Sie von Herrn Kunze wussten, was er in Erfurt erreicht hatte?«

Sandra senkte den Kopf. Auf diese Frage schien sie nicht vorbereitet zu sein. Im Saal hielt man die Luft an.

»Sie müssen antworten, Frau Zeugin«, ermahnte sie der Richter. Als würde es ihr unendliche Mühe bereiten, sagte Sandra. »Wir hatten uns schon am Nachmittag getroffen.«

»Wo?«

»Im Revier Hohenblick, da, wo wir uns immer getroffen haben.«

»Sie hatten ein Verhältnis mit dem Angeklagten?«

»Ja«, hauchte Sandra.

»Wie lange bestand das Verhältnis?«

Sandra sah sich um, blickte zu Steffi und ihrem Mann. Sie ließ sich Zeit mit der Antwort. »Ein Jahr etwa.«

»Sie trafen sich immer an diesem Ort?«

»Einmal in der Woche, mitunter auch zweimal. Wie er gerade Zeit hatte. Ich hatte immer Zeit, ich bin ja arbeitslos.«

Steffi Kunze verspürte Übelkeit. Mit einem Laut zwischen Aufschrei und Seufzer, rutschte sie ohnmächtig vom Stuhl.

Das Gericht legte eine Pause ein. Ein Arzt wurde gerufen.

Die Verhandlung zog sich in den Abend hinein. Sandra musste sich fragen lassen, warum sie so lange geschwiegen hatte. Sie habe sich geschämt, außerdem sei sie sicher gewesen, die Wahrheit werde auch ohne sie ans Licht kommen. Sie wollte ihrer Freundin Steffi keinen Schmerz zufügen.

Sandra hatte auf jede Frage eine Antwort.

Der Staatsanwalt war sicher, dass die Zeugin gelogen hatte und Lehmbrock dahintersteckte. Er konnte es nur nicht beweisen. Immerhin war damit erklärt, wie die Reifenspuren an den Tatort gekommen waren. Nun war auch der Angeklagte bereit zuzugeben, dass er tatsächlich erst gegen 17 Uhr zu Haus eingetroffen sei. In den Heizungskeller sei er gegangen, um ein Tuch von Sandra zu verbrennen.

Der Staatsanwalt stellte den Antrag, die Zeugin Sandra Abraham zu vereidigen. Das Gericht stimmte zu. Kreideweiß hob Sandra die Hand und legte den Eid ab.

Es war schon dunkel, als die Verhandlung abgebrochen und auf den nächsten Tag verschoben wurde.

Mit der Urteilsverkündung wurde gegen 12 Uhr gerechnet.

Und so war es auch. Die Glocken der Schlosskirche schlugen die Mittagsstunde, als Richter Waffenschmid der Urteil verkündete. Dem Angeklagten konnte die Schuld nicht bis ins Letzte nachgewiesen werden. In dubio pro reo, im Zweifel für den Angeklagten. Attila Kunze wurde freigesprochen.

Bedrückt gingen die Zuschauer davon. Kunze fiel seinem Anwalt um den Hals. Vor dem Gebäude wartete Sandra. Sie wusste, nun begann eine neue Zeit für sie. Attila war auf immer an sie gekettet. Dazu aber musste sie sein Geständnis haben. Sie musste es aus seinem Mund hören, dass er das Mädchen ermordet hatte. Sie fuhren in das Gartenhäuschen ihrer Eltern, das sie benutzen konnten, bis sie eine Wohnung hatten. Am Abend, als sie zur Ruhe gekommen waren, gestand er ihr den Mord. Er sei ihr die Wahrheit schuldig, sagte sie, und das sah er ein. Ihr verdankte er die Freiheit.

Dieses Geständnis, dachte Sandra, ist meine Lebensversicherung.

26

Der Freispruch des Mannes, von dessen Schuld Norbert Michaelis tief überzeugt war, traf ihn wie ein Keulenschlag. Er war deprimiert. Hatte er schuld an dieser Entscheidung? Wie würde Ulla Binder das Urteil aufnehmen? Sie hatte sich verändert, als finge sie an, das Leben neu zu entdecken. Konnte der Freispruch sie zurückwerfen in ihre bodenlose Lethargie?

Sie sollte die Nachricht von ihm, nicht aus der Zeitung erfahren. Auf dem Weg zu ihr kam er an jenem Café vorbei, in dem er am ersten Verhandlungstag mit ihr gesessen hatte. Er ließ sich am gleichen Tisch nieder, kippte drei doppelte Weinbrand, und ihm war dabei, als schlucke er Gift. Noch nie war ihm Schnaps so widerlich erschienen. Aber er brauchte ihn wie Medizin.

Er klingelte an der Wohnungstür. Ulla war nicht zu Hause. Müde setzte er sich auf den Treppenabsatz und lehnte den Kopf an die kalte Fliesenwand. Ich werde sie fragen, dachte er betrunken, ob sie meine Frau werden will. Aber vielleicht war es kein guter Tag für solch eine Frage. Ich mache ihr einen Antrag, und sie kriegt einen Schock oder einen Lachanfall. Und dann sage ich ihr, dass der Mörder ihrer Tochter wieder auf freiem Fuß ist. Jetzt irgendwo seinen Sieg feiert.

In seinem Kopf drehte es sich. Er wünschte sich nach Haus, in sein altes Saarbrücken.

Erst hörte er die Haustür, danach Schritte auf der Treppe.

Sie kam mit einem Einkaufbeutel und einem Blumenstrauß in der Hand.

Sie trug ein ärmelloses Kleid aus dunkelblauer Seide mit kleinen weißen Pünktchen, im Ausschnitt hing ein dünnes goldenes Kettchen. Ihre Haare waren kürzer geschnitten, lagen in weichen Wellen um ihren Kopf. Hochhackige weiße Sandaletten klapperten auf dem Steinfußboden. Ullas Eleganz freute und befremdete ihn.

Als sie ihn erkannte, lächelte sie. »Hallo, was treiben Sie auf meiner Treppe?«

»Ich denke über das Leben nach.« Er lächelte matt. »Darf ich reinkommen?«

»Aber ja, ich freue mich, Sie zu sehen.« Sie drückte ihm den Beutel und den Blumenstrauß in die Hand, suchte in ihrer Handtasche nach dem Wohnungsschlüssel. Er brachte den Beutel in die Küche, legte die Blumen auf den Tisch, sah sich nach einer Vase um. »Wie sehen Sie aus, was ist denn passiert?«, fragte er streitsüchtig.

»Haben Sie getrunken?«, fragte Ulla.

»Aus lauter Kummer. Wo kommen Sie denn her, so zurechtgemacht«, fragte er. Dachte, verdammt noch mal, ich bin ja eifersüchtig.

Sie hielt ihm eine blaue Karte hin. »Das ist es, das Halleluja auf meinen Neubeginn: der Presseausweis. Deshalb die Blumen, deshalb der Übermut. Denken Sie nur, ich habe einen Auftrag, eine Rezension über García Márquez' neues Buch zu schreiben. Ist das nicht verrückt? Ich habe nicht mehr an solche Wunder geglaubt.«

Er betrachtete den Ausweis mit der Hingabe, mit der man Wunder zu betrachten hat. »Wem gehört er? Was ist das für ein Name, Anna Elias?«

»Das ist alles ganz legitim«, sagte sie schnell. »Mein Pseudonym. Die nette Frau im Büro der IG Medien hat es mir empfohlen, der Name Binder ist durch den Prozess in aller Munde. Elias ist mein Mädchenname, und Anna hieß meine Mutter.«

Er dachte, dies ist der Moment, es ihr zu sagen. Aber er scheute sich, die glückliche Stimmung zu zerstören.

»Ich glaube«, sagte sie leise, »Marie wäre zufrieden mit mir.«

Sie lud ihn zum Essen ein. Er half ihr beim Tischdecken, kannte sich nun schon in ihrer Küche aus.

Nach dem Essen nahm er allen Mut zusammen und erzählte ihr, wie der Prozess ausgegangen war. Sie sah ihn lange und ungläubig an. Ihre vorsichtige Fröhlichkeit war schlagartig vorbei. Sie rührte geistesabwesend in der Tasse. »Das Gefühl, dass er Buße tun muss, wäre tröstlich gewesen.«

»Er hatte einen gerissenen Anwalt«, erklärte Michaelis. Seine hilflose Verzweiflung wuchs mit der ihren. Nach einer endlosen Zeit des Schweigens sagte sie: »Es gibt eine sich selbst regulierende Gerechtigkeit. Ich glaube fest daran.«

Er nickte, obwohl er sich darunter nichts vorstellen konnte. Aber er war froh, dass sie so gefasst war.

Attila Kunze fuhr zu dem Haus, aus dem er nach seiner verhängnisvollen Tat vertrieben worden war. Er wollte ein paar Sachen holen und, einer sentimentalen Regung nachgebend, Abschied nehmen. Ein paar Wochen waren seit dem Prozess vergangen. Niemand sprach mehr darüber. Das Leben ging weiter, was immer auch geschah. Er nahm sich vor, kein Gefühl von Bedauern, Schmerz oder Verlust aufkommen zu lassen. Die Vergangenheit war tot, die Würfel waren gefallen.

Dass der Anwalt seinen Freispruch erwirkt hatte, sah er als eine Art sportlichen Sieg an. Er hatte das Mädchen getötet, bereute es, würde es ungeschehen machen, wenn er es könnte.

Für die Tat hatte er, seiner Meinung nach, ausreichend gebüßt, hatte Haus und Hof, seine Existenz und seine Frau verloren. Seine Kinder würde er nicht wiedersehen.

Das reichte doch wohl. Also konnte er sich frei fühlen. Nein, ein schlechtes Gewissen brauchte er nicht zu haben.

Seit Wochen lebte er unter Bedingungen, die ihn fast um den Verstand brachten. Das Gartenhäuschen war an Primitivität nicht zu überbieten. Da gab es in der Untersuchungshaft mehr Luxus. Und Sandra, der kleine Teufel, fing an, ihm auf die Nerven zu gehen. Sie war unersättlich, wenn auch eintönig. Er machte die trostlose Erfahrung, dass sich mit der Legitimierung ihrer Beziehung der Spaß von Abend zu Abend verringerte und zur alltäglichen Pflichtübung wurde. Ihre laute Munterkeit begann ihn zu stören.

Mitunter sehnte er sich in die stille Abgeschiedenheit seiner Zelle zurück. Sehnsüchte nach seinem früheren, ungebundenen Leben verdrängte er. Die Koordinaten seines Lebens mussten neu bestimmt werden. Er brauchte eine Wohnung und Arbeit.

Steffi, das wusste er, könnte ihm helfen. In ihrer Seele war sie Buchhalterin. Tatsachen standen über den Gefühlen. Früher hatte ihn ihre Poesielosigkeit gestört, jetzt pries er sie. Er würde ihr klarmachen, dass sie Henry, der das Geschäft führte, in ihrem Haus einquartieren musste.

Dann wäre Henrys Wohnung für ihn und Sandra frei.

Es war ja auch immer noch Sandras Wohnung. Nach außen sah es dann so aus, als habe man lediglich die Partner getauscht.

Er hatte eine saubere Weste, das Gericht hatte ihn freigesprochen. Er war das unschuldige Opfer eines Irrtums geworden. Schuldig hatte er sich nur gemacht, weil er mit einer anderen Frau geschlafen hatte. Na und, was war das schon. Das tat jeder und jede, und niemand regte sich auf. Wenn seine blöden Schwiegereltern nicht gewesen wären, Steffi hätte ihm den Seitensprung verziehen.

Er schob den Gedanken weg. Es war vorbei, es gab nichts mehr zu korrigieren. Zum Glück wusste niemand etwas von dem Mord. Außer Sandra. Das war ein Fehler. Warum hatte er sich von ihrer Zärtlichkeit überrollen lassen? Die Freude über den Freispruch, die Dankbarkeit, die Enthaltsamkeit in der Haft, alles das war schuld gewesen. Es hatte ihn weich und sentimental gemacht. Und er glaubte auch, ihr die Wahrheit schuldig zu sein. Es hätte sein Geheimnis bleiben sollen, auf ewig.

Die Unterredung mit Steffi verlief, wie er es vorausgesehen hatte. Sie willigte ein. Nun dauerte es nicht mehr lange, und sie konnten umziehen.

Sandra fiel ihm um den Hals, als er ihr die Nachricht brachte. »Jetzt muss du dir noch die Haftentschädigung auszahlen lassen«, sagte sie, »das sind sicher ein paar tausend Mark. Und dann machen wir Urlaub. Ich möchte nach Indonesien. Du nicht auch? Wir könnten es uns leisten.«

Er schüttelte den Kopf. »Ich weiß nicht«, sagte er vorsichtig.

Ihm kam es abwegig vor, dass er sich Geld geben lassen sollte für einen Mord, den er begangen hatte. »Keine Zurückhaltung, mein Lieber«, sagte Sandra, »es steht dir zu, ich habe mich erkundigt.«

»Du hast was?«

»He, tu nicht so, es weiß doch keiner, dass du es getan hast. Na also, du wirst dem Staat doch nicht das Geld schenken.«

Er spürte, wie sie seinen Widerstand zu brechen begann. So würde es weitergehen, bis sie ihn für immer, lebenslänglich, in der Hand hatte.

»Wir brauchen das Geld nicht«, sagte er, »ich habe etwas zurückgelegt.«

Sandra lachte, es klang ein wenig schrill. Sie kam gar nicht wieder runter von den hohen Tönen. Sie wollte ihm zeigen, wie absurd es war, heutzutage auf Geld zu verzichten. »Wir brauchen es, wenn wir heiraten wollen«, sagte sie.

»Ich bekomme bestimmt auch mal wieder Arbeit«, erwiderte Kunze.

»Natürlich bekommst du Arbeit, kannst morgen schon anfangen.« Sie riss eine Schublade auf und holte einen Brief hervor. »Hilfsarbeiten auf dem Süd-Friedhof, die richtige Arbeit für einen Akademiker.«

Er las den Brief, faltete ihn sorgfältig zusammen. »Besser als nichts.«

27

Marie Binder war an einem Mittwoch gestorben. Immer am Mittwoch ging Ulla Binder zum Süd-Friedhof, um das Grab ihrer Tochter zu besuchen. Ein selbstquälerischer Akt voller Trauer, Tränen, Schmerz und Selbstvorwürfen. Es war, als schälte sich ihr die Haut vom Herzen. Und als stürbe Marie jedes Mal von Neuem. Es würde nie anders werden, glaubte Ulla Binder, dieser Schmerz würde fortbestehen, bis sie selbst nicht mehr auf dieser Erde war. Doch nach und nach, mit der Unbedingtheit, mit der gefrorener Boden im Frühjahr weich wird, löste sich der Krampf. Wenn sie nun durch das breite, schmiedeeiserne Tor des Friedhofs schritt, begann sie, sich auf Marie zu freuen, als gäbe es ein Wiedersehen. Sie fing an, sich mit dem Schicksal auszusöhnen. Am Rand der Marmoreinfassung sitzend, hielt sie Zwiesprache mit der Tochter.

So setzte der seelische Heilungsprozess ein, der ihr ins Leben zurückhelfen sollte. Sie trug nicht mehr Schwarz.

Sie lud Norbert Michaelis zum Essen in ein Restaurant, um das erste Honorar zu verprassen.

Und sie begann, Pläne zu schmieden, erwog ernsthaft, den Umzug nach Magdeburg abzusagen. Welchen Platz Michaelis in ihrem Leben einnehmen sollte, war ungewiss. Sie wollte nicht mehr auf ihn verzichten, das gestand sie sich zögernd ein. Zuerst war ihr die eigene Veränderung wie ein verbotenes Spiel vorgekommen, eine Sünde, mit der sie das Andenken an die Tochter beschmutzte. Allmählich begriff sie, dass es die Normalität war, der sie zustrebte. Und das war es ja, was Marie ihr an Herz gelegt hatte.

Das war die seelische Verfassung, in der sich Ulla Binder befand, bis zu jenem Tag im Spätherbst, als sie auf einen Mann traf, den sie sofort erkannte, dessen Bild sich ihr für immer eingeprägt hatte. Der Mörder ihrer Tochter! In der Kleidung eines Arbeiters ging er die Friedhofsallee entlang. Verwirrt folgte sie ihm. Ohne darüber nachzudenken, was sie da tat. Er verschwand in einem schuppenähnlichen Raum, aus dem er bald darauf in Begleitung eines anderen Mannes wieder auftauchte. Sie hatten Schaufeln geschultert, gingen zum Revier, in dem neue Gräber ausgehoben wurden.

Also hier ist er gelandet, Totengräber ist er geworden, nachdem er selbst getötet hatte. Sie wusste nicht, warum sie geglaubt hatte, er befinde sich nicht mehr in der Stadt, sei weg, irgendwo in einem Winkel der Erde, der nicht zu ihrer Welt gehörte. Es war ihr unbegreiflich, dass er hier, in ihrer Stadt, weiterleben konnte. Sie hatte den Gedanken an ihn weit weg geschoben. Sie wusste, wenn sie über ihn nachdenken würde, könnte sie nicht mehr die sein, die sie jetzt war.

Von dem Tag an, da sie ihn auf dem Friedhof gesehen hatte, war ihr der Besuch am Grabe ihrer Tochter verleidet. Sie ertrug nicht den Gedanken, dass sie ihn am Grab der Tochter treffen könnte. Jedes Mal musste sie eine innere Sperre überwinden, um den Weg dorthin einzuschlagen.

Zuerst hatte sie mit Norbert Michaelis darüber reden wollen, der fast jeden Abend bei ihr auftauchte. Eine unbekannte Scheu hielt sie davor zurück. Und irgendwann reifte in ihr ein Entschluss.

Von da an ging sie planmäßig zu Werke, bereitete ihre Aktion mit der Exaktheit eines Mathematikers vor. Zuerst fuhr sie nach Berlin Kreuzberg. Sie hatte alles Geld abgehoben, sie wusste nicht, was eine Waffe kosten würde. Sie musste ein paar Mal fahren, bis sie Erfolg hatte.

Dann begann sie, die Gewohnheiten des Attila Kunze zu studieren.

Sie beobachtete ihn bei der Arbeit, wusste, wann er morgens anfing, wann er Pausen machte. Sie ließ sich Zeit. Ihr Plan war auf die Ewigkeit gerichtet.

Etwa um diese Zeit wechselten Attila Kunze und Henry Abraham die Wohnungen. Henry hatte seine persönlichen Sachen mitgenommen. Die Möbel überließ er Sandra. Das Zimmer, das er in Steffis Haus bekam, war ausreichend möbliert. Er hatte gezögert, aber endlich begriffen, welche Vorteile mit dem Umzug verbunden waren. Wenn Steffi ihn einquartierte, hieß es, dass mit Attilas Rückkehr nicht mehr zu rechnen war.

Nun konnte sich Henry noch ganz andere Hoffnungen machen. Die häusliche Nähe würde irgendwann zu Vertrautheit und vielleicht gar zur Vereinigung führen. Es konnte sein, dass er eines Tages Besitzer des Unternehmens wurde. Ihm kam es nicht in erster Linie auf Reichtum an, sondern vor allem darauf, eine sinnvolle Arbeit machen zu können und ein ruhiges Zuhause zu haben.

Es war ein Mittwoch, als Ulla Binder zum Friedhof ging. Die Sonne war längst untergegangen. Jene Kühle war zu spüren, die einen frühen Winter ankündigt. Die Besucher verließen den Friedhof. Ulla war, als wäre ihr Leben auf diesen einen Punkt hin gelaufen, und als wäre das Leben außerhalb des Friedhofs ohne Bedeutung. Ihr wurde mit einem Mal kalt, die Welt geriet ins Taumeln. Sie wusste, wo sie Kunze treffen würde. Er war dabei, ein Grab zuzuschaufeln. Diese Beerdigung war die letzte, die an jenem Nachmittag stattgefunden hatte.

Ulla trug Jeans, eine blaue Arbeitsjacke, ein buntes Baumwollhemd. Er sah erst auf, als sie ihm gegenüberstand. Offensichtlich hielt er sie für einen verspäteten Trauergast, sagte: »Tut mir leid, die Beerdigung ist vorbei. Er ruht ihn Frieden.«

»Ja«, sagte Ulla, »ich weiß. Auch Sie mögen in Frieden ruhen.«

Sie zog die Pistole aus der Tasche, legte an, drückte ab. Der Schuss verhallte in den Wipfeln der hundertjährigen Eichen.

Attila Kunze war sofort tot. Er fiel ins Grab. Sie nahm seine Schaufel, warf Erde auf ihn, baute ihm einen Hügel, der ihr so gut gelang, als hätte sie das Handwerk gelernt. Dann schichtete sie die Kränze und Blumen auf den Hügel. Es waren viele Kränze und viele Blumen, und das Grab sah so bunt aus wie ein Geburtstagstisch.

Bevor sie ging, machte sie das Zeichen des Kreuzes über ihn.

Dann brachte sie die Schaufel in den Schuppen zurück, drückte das Vorhängeschloss zu, hängte den Schlüssel an den Haken unter dem niedrigen Dach und ging nach Hause.

Sie war an diesem Abend besonders heiter. Als Michaelis kam, fand er sie vergnügt, ein wenig zerstreut. Das, dachte er, könnte der Augenblick sein, ihr die entscheidende Frage zu stellen. Sie duzten sich seit Tagen, das kam seinem Plan entgegen.

Sie hörte aufmerksam zu, sah ihn liebevoll an, lächelte entrückt, fast glücklich. »Ich mag dich«, sagte sie, »mehr, als ich je einen anderen Mann gemocht habe. Ich glaube fast, ich liebe dich. Aber es geht nicht, gestern hätte ich vielleicht zugestimmt. Heut ist es unmöglich.«

»Ein anderer Mann?«, fragte er.

Sie nickte. »Ja, so etwas Ähnliches.«

Sandra wartete an jenem Abend vergebens auf ihren Attila. Sie wartete auch an allen anderen Abenden. Eine dunkle Ahnung überkam sie.

Auf der Sparkasse stellte sie fest, dass er Geld abgehoben hatte.

Im Reisebüro sagte man ihr, Herr Kunze habe die Reiseunterlagen für den Urlaub in Indonesien abgeholt und auch bezahlt.

Ihre Wut war groß und unüberlegt. Sie ging zu Michaelis.

»Herr Kunze ist verschwunden. Sie müssen ihn suchen lassen«, sagte sie vorwurfsvoll, als hätte Michaelis auf ihn aufpassen müssen.

»Na und, was geht mich das an?«

»Er hat das Mädchen, diese Studentin getötet. Ja, er ist der Mörder.«

»Dann haben Sie gelogen? Einen Meineid geschworen?«

Sie sei sofort bereit, alles zuzugeben, wenn man nur nach ihm suche, sagte sie verzweifelt.

»Wo ist er denn hin?«, fragte Michaelis.

Und Sandra gestand ihm, dass er sich nach Indonesien abgesetzt haben könnte. Sie habe längst gemerkt, dass sich sein Verhältnis zu ihr geändert hatte. Er sei sonderbar kühl gewesen in der letzten Zeit.

Da stecke mit Sicherheit eine andere Frau dahinter.

»So einfach geht das nicht. Wir können keine Fahndung nach ihm erlassen. Er ist von einem ordentlichen Gericht freigesprochen worden. Zunächst bekommen Sie ein Verfahren wegen Meineids. Dann kann die Staatsanwaltschaft ein neues Ermittlungsverfahren einleiten. Und erst wenn sich die neuen Verdachtsmomente erhärtet haben, kann man nach ihm fahnden.«

Sandra wollte das nicht begreifen. Sie stampfte mit dem Fuß auf. Tränen rollten ihr übers Gesicht.

»Es ist ein weiter Weg, bis eine Wiederaufnahme erfolgen kann«, sagte Michaelis.

Als sie gegangen war, rief er Ulla Binder an, erzählte

ihr, was geschehen war und wunderte sich, dass sie kein Gefühl des Triumphes äußerte.

Immer dann, wenn Ulla Binder auf den Friedhof ging, das Grab ihrer Tochter zu besuchen, ging sie auch zu einem fremden Grab. Auf dem Stein stand, hier liege ein Mann namens Karl Winter, einst Studienrat und im gesegneten Alter von 89 Jahren verstorben.

Sie betete stets ein Vaterunser für seine arme Seele und bat den lieben Gott, er möge auch alle anderen armen Seelen in Frieden ruhen lassen.